U0047778

因為愛，不必解釋。

暢銷作家
雪倫——著

第一章

你會不會覺得，最後，能和你講話的人只有自己？

「你是否感到日子一成不變？每天加班，夜深人靜，累癱在床上的時候，都會突然一陣心酸，不知道自己究竟為誰辛苦為誰忙，然後不小心默默流下幾滴淚，覺得自己很脆弱，甚至孤單得很沒用？」

頓時，我停下刮壁癌的手，對著喇叭裡傳出來的 Podcast 廣播，非常用力的點頭認同。

接著，主持人赫拉甜美又感性的聲音，繼續從我手機裡傳出來。她說：「那你會不會害怕突然有一天出門被車撞，趴倒在馬路上從自己身上流出來的鮮血裡，發現自己這輩子過得莫名其妙就算了，還死得很冤枉？」

我忍不住對著喇叭激動回應，「會！」

「如果會，你還算有救。」赫拉好像在跟我對話一樣，我不只有自己，幸好還有她。

我頓時彷彿在深夜裡看到太陽，眼神露出希望的說：「真的嗎？」

「想知道活著怎麼應付人生，死了怎麼面對閻羅王，就請大家記得支持我的新書，書名是：人生哪有這麼好混，渣男沒有那麼難對付！下星期一開放預購，前五百名讀者，會送兩個和赫拉聯名的知名品牌保險套，趕快預、購、起、來！今天節目就到這裡，我們下週六赫拉的情慾相談室再見。大家記得追蹤我的ＩＧ，點讚我的臉書粉絲團喔！bye！」

我好像白痴一樣，對著喇叭笑笑的說了一句，「拜拜。」接著拿起手機，關掉Podcast，在下星期一的行事曆上記下預購赫拉新書的事，感覺只要拿到赫拉新書那一刻，煩悶的日子就能得到救贖，我的人生就會開始像ＩＧ上那些每天快快樂樂的人一樣，變得光鮮亮麗。

像我這樣的普通人，最會做的一件事，就是羨慕別人。

我無時無刻不羨慕別人。羨慕那些有父有母可以撒嬌的人，羨慕過年過節有家可回的人，羨慕那些只需要把書念好、不用擔心錢從哪裡來的人，羨慕那些有人陪、有人愛的人，我幾乎是羨慕全天下的人。

羨慕，成了我的日常，成了我的習慣，成了我的血肉，根深柢固。

我放下手機的同時，門口掛的風鈴響起聲音。我回過頭去，看到芷言提了兩杯飲料走進來，笑著對我揮手。看著她的笑容，我忍不住開口問：「妳為什麼現在還是跟小時候一樣漂亮？」

她愣了一下，給了我一個擁抱，「欸，最喜歡聽妳稱讚我了，因為妳的眼神太真誠。」

「因為我就是認真的，妳真的沒什麼變。」

「屁啦，臉頰肉變垂了好嗎？我後天要去打電波。」

「有需要嗎？」我接過她買給我的飲料。

她一臉無奈，「妳忘了魏以晨比我小十歲嗎？妳知道我全身上下的膠原蛋白加起來，都沒他的臉彈。」

我笑出來，「妳跟他看起來又沒有差很多歲，誇張。」

「但我看起來就是比他大，哪像妳娃娃臉，個子嬌小，看起來還像個大學生。我們昨天去夜市吃牛排，妳去買木瓜牛奶的時候，老闆居然問我：妳跟妳妹是不是差很多歲？我差點跟他拚命。」

「難怪妳吃兩口就沒吃了。」

「氣到吃不下啊！」芷言還在氣，眼睛好像可以噴出火一樣，我笑笑的拍拍她、摸摸她，說出我的真心話，「老闆其實是在說我沒女人味啦！」

芷言翻了個白眼，回了我一句，「是妳不愛打扮啊！」下一秒，突然語重心長的問我，「妳老實說，妳身上這件白T，是不是一次批發七件？每天都輪著穿？」

我真的哭笑不得，「沒有好嗎？」

打扮這種事，也是需要資格的，第一是錢，第二是閒。

我本來就喜歡穿得舒服，一向多以牛仔褲和T恤為主，即便在我爸還沒有因為生意失敗，心肌梗塞死去之前，我家還算富裕，我也大多是這種裝扮，只是價格高一點而已。

但當我大三得休學，自力更生賺錢養弟妹時，我一樣是T恤牛仔褲。T恤兩件買三九九，牛仔褲則是早餐店老闆娘女兒不要給我的。

一個一天要花十六個小時工作的人，不知道逛街的滋味，也不知道保養品怎麼會分這麼多種，更不懂什麼叫化妝。直到弟妹可以自己自立自強，我也不用那麼拚命時，早已經過了那段可以盡情摸索從女孩成為女人的懵懂和青澀時期。

什麼叫揮灑青春、花樣年華？我都在賺錢中度過了。

我這輩子大概就都是這個模樣了吧，我想。

可是芷言似乎不希望我只是這樣，她依舊努力不懈的拉著我說：「我那裡有很多洋裝跟裙子，妳要不要拿一些去穿？」

我馬上回她，「我不要。」

她一臉失望，我只能苦口婆心的勸著，「妳自己看，我現在每天都在整修店面，穿洋裝、裙子怎麼刷壁癌、怎麼搬東西啊？太麻煩了，而且我也沒有什麼場合需要穿那些……」

什麼叫沒事討罵？就我這種的。

哪壺不開提哪壺，我話都還沒說完，就看到她狠狠瞪過來，「有人叫妳自己刷、自己搬嗎？還敢講？想惹我生氣是不是？當初就說這裡地點不好，附近有殯儀館就算了，一堆聲色場所，我還聽說什麼盟、什麼幫的老大也住在這後面。住這裡的巴不得搬走，就只有妳會搬進來！哼，我知道妳又要說什麼，前屋主賣妳很便宜。廢話，當然要賣妳便宜啊，因為沒有人要買！交通還有夠不方便，光從最近的捷運站走過來，轉進來這條巷子都要二十分鐘。哈囉！什麼深山嗎？妳知道我車停多遠嗎？」芷言氣到不行，當初我買了房子，被她和夢舒唸了快一小時。

我討好的笑笑，皮繃得很緊，「妳又不坐捷運，妳開車啊。」

「所以妳要慶幸我會開車，不然誰要來陪妳？妳那些弟妹嗎？哈哈哈，算了吧！妳搬來這裡到現在，誰來過了？我真的好想知道。來，老娘我洗耳恭聽！」芷言說完，還在那裡挖耳屎。

我真的很想反嗆她，但我找不到施力點，因為她說的都是事實。

二弟維遠大學畢業後靠著獎學金到國外念書，回來當完兵，又有企業贊助他進修，他又出國讀書、工作，一直到去年才被外派回台，而我們至今算來只見過兩次面。本來還會去他的住處幫他打掃，後來他請了打掃阿姨，所以現在只能偶爾在他急需我幫他補點生活用品時，我才會買過去。

但一樣見不到人，他在公司的時間比在家多太多了。

三妹維妮上台北讀大學後，就直接在台北工作了。我只知道她在廣告公司上班，今年初我從高雄搬到台北時，一起過一次吃飯。那天剛好她遇到客戶，交換名片時不小心掉了一張，我撿起來才知道，她已經升職成了副理。

我也不明白是從什麼時候開始，維妮始終和我有些距離，而且愈來愈遠。遠到她就讀高中時，我們住一起，卻一天講不到三句話；現在都在台北，則是三天通不到一次電話。

小妹維倩是我同父異母的妹妹。當初我爸把所有家當都變賣了還債，全家只能逃到高雄生活。我們六個人擠在一間八坪不到的屋子裡，每天晚上都聽到爸跟阿姨吵架的聲音，我和高三的維遠、國三的維妮都沒睡，我們看著彼此也都沒有說話。

突然有一天，一早起床阿姨就不見了，留下她才五歲的親生女兒，從此無消無息。三個月後，我爸心肌梗塞也離開我們了。

我只能在學業與賺錢中擇其一。應該說，我根本沒有選擇，維遠要考大學了，維妮要上高中了，還有個在念幼稚園的維倩。我只能發狂的賺錢，因為我還有弟妹要養。我媽生維妮時難產，我失去了她，然後我又失去了爸爸。我不想再失去，更不想要我的弟妹們連未來都失去，於是我只能丟掉了我自己。

早上五點五十分到早餐店打工，接著九點去公司當櫃台小妹。下午五點下班後，我去泡沫紅茶店繼續打工到晚上十點半，假日偶爾還會接點外快，讓工作把我的生活填得滿滿的。

但當他們慢慢長大，各自有各自的生活，就連維倩今年也大學畢業，找到工作，可以養活自己了，我卻有一種撿不回自己的感覺。我不知道「自己」兩個字到底是什麼，很陌生，真的很陌生。

我從櫃台小妹一路做到公司行政總管，整整十七年。去年老老闆交接給小老闆，要他將公司的精神傳承下去，要他視員工如家人，小老闆應好，全場歡聲雷動。結果三個月後，小老闆卻把公司整個給賣了，老老闆氣到中風。我們所有人看在老老闆的面子上，摸摸鼻子的拿了遣散費。幸好小老闆出手還算大方，那筆遣散費再加上我的存款，讓我有了買房子的頭期款。

我想有個家。

可偏偏我想到「家」，腦子裡浮現的，都是還小時候住在台北的情景。那時芷言是我的鄰居，我們認識了好久好久。可惜後來我搬到高雄，再加上當初很不成熟的吵了一架，賭氣不再聯絡後，就這樣失去了彼此。直到我決定回台北重新生活，沒想到居然又再遇上。

青峰有首歌的歌詞說，最難的是相遇，可我覺得，最難的是重逢。

重逢之後，我和芷言每天聊天，每天都在彼此 update 那些沒有參與到的過去，導致她男友魏以晨有陣子對我很有敵意加妒意。但我真心勸過他，不要限制生了小孩的媽媽和過了三十五歲的女人，她們不是男人可以管的，因為她們只會聽自己的話。

還好，芷言的陪伴沖淡了我的孤單。

原本我以為，我也到了台北，搞不好大家就能住在一起，像過去擠在小房子裡一樣，雖然辛苦但很熱鬧。所以我一口氣租了個四房的公寓，想給弟妹們驚喜，結果卻沒有人要跟我住。維遠說他習慣一個人住，維妮說她從沒有想過要一起住，原以為一手帶大的維倩會答應，沒想到她卻說她想學著獨立。

好吧，最黏人的是我，長不大的是我。

我每天回家望著空盪盪的房子，再想起貴得要死的房租，我覺得很無助。

幸好我想起自己的小小夢想，就是開間手工餅乾店。以前我爸出差總會幫我帶回來的禮物，就是手工餅乾，我特別愛吃，覺得每一塊餅乾的味道都不同。

就連那陣子我爸剛過世，一切都在混亂中，錢也還賺得不夠時，我就是自己做餅乾當三餐。因為比起飯跟麵，它更不容易壞。當然除了填飽肚子以外，還能填滿我對爸爸的思念。

對我來說，餅乾有很多忘不了的回憶，不管好的不好的，它也參與了我沈維芯的人生，就像是延續某部分的自己一樣。

於是我開始找店面、找一個人就能住的房子，自以為存的錢夠了，沒想到一路這樣問下來，只夠付一間廁所的頭期款吧，每間房子的開價都在笑我天真。於是我越找越遠、越找越郊區，總算讓我找到現在這間兩層樓的便宜老房子，存款夠付頭期款以外，還能讓我慢慢準備開店事宜。

最意外的發現是，本來以為突然沒了工作我會不習慣，沒想到並沒有，我開始喜歡這種緩慢的生活。

人都是被逼出來的，那些為了活下去的潛能都是可以被開發出來的。我被生活逼的不成人形，停下來後，才能活得像個有感覺的人。

我可以慢慢的走在路上，吹吹微風、看看風景。我也開始會走進百貨公司，但就是從前門進去，從後門出來，根本沒有特別想買什麼，小北百貨跟菜市場我可以逛得比較久。我可以躺在床上一整天，什麼事都不做，就聽著音樂、Podcast，或看一整天的 youtube 跟網路漫畫。直到確定買下這間老房子，搬完家，我才把躺著的時間轉換成整理一樓店面。

但芷言覺得我自找麻煩，她的觀念就是：交給專業的來。這如果請人來處理，不用一星期就能全弄好，兩星期就能直接開店了，哪需要像我這樣，搞一個月還在刮壁癌？可是我就想慢慢來，我也不急著開幕，就是享受這一點點改變的過程。

像在改變我自己一樣。

芷言有時下班就會繞過來，陪我整理我家，然後碎唸我失聯的弟妹。不論我怎麼反駁和解釋，芷言就是回我一句，「騙得了妳自己，騙不了我好嗎？不要再幫妳那些沒良心的弟妹說話。」然後繼續碎唸。

像現在這樣，她沒有打算放我一馬，挖完耳朵後，一臉欠揍的繼續說：「妳不要再幫他們找藉口了，是多忙？告訴我啊？我就不用工作、不用吃飯拉屎過日子？但我想陪妳，我就一定能抽出時間來好嗎？好，真的覺得這裡太遠也就算了，可他們有傳訊息問妳這個姊姊，家搬得怎樣？店面整理得怎樣？什麼時候開幕嗎？」

「維遠昨天有問。」我馬上說。

「對，搬來這裡後第一次。」芷言嗆完後我，冷笑。

我只能深吸口氣安撫她，我知道她心疼我，「好啦，他們都長大了，本來就有自己的生活啊。維遠最近公司有新案子，是真的很忙，維妮個性本來就冷，維倩剛進公司也時常要加班……」

「我管他們怎樣，我就是不爽，他們一點都不關心妳這個把他們養大的姊姊。我不是要對他們情緒勒索，只是覺得身而為人，知恩圖報不是最基本的品德嗎？好，不報恩也關心一下妳吧？問候妳一聲有這麼難？」芷言見我無話可說，也不想再讓我難過，只用了一句，「我只覺得他們就是過河拆橋啦！」當結尾。

我上前抱抱她，「我很願意當他們的橋。」

真的，我沒有任何怨言，我愛他們，比愛我自己多太多太多了，他們一直是我人生的目標，是支撐我走到現在的力量，不管他們愛不愛我，我愛他們就夠了。

芷言狠狠的往我屁股打了一下，「笨死了，沈維芯，妳這輩子就是個爛好人。」

「至少是好人。」我沒辜負我爸對我的期望。

「有病。」

「對啊。」

「現在是頂嘴？」芷言氣得瞪我。

「聊天，我們不是一直在聊天嗎？」我笑笑回她。

她沒好氣的看了我一眼，「肚子餓嗎？要不要去吃飯？」

我搖頭，眼神看向牆上的日曆，今天是五號。芷言也看過去，隨即恍然大悟，「知道了，要等維倩是不是？」我只能笑，芷言輕嘆回應，「她跟妳約好每個月五號一起吃飯，到現在沒有實現過半次，妳還要等下去？」

「有可能她今天就有空啦。」我快半個月沒看到她，真的很想她。

「好可怕喔！我真的好怕妳去當人家情婦喔。」她突然驚恐的看著我。

「妳是在亂說什麼啦！我連一次戀愛都沒有談過，妳就詛咒我當小三？」真的會氣死。

過去十幾年，為了錢，我何止沒了青春，我連愛過一次的滋味都沒嘗過。當我靜下來看，才發現我真的錯失好多。

芷言表情正經的說：「我是說真的，妳這種個性真的太適合當情婦了，不吵不鬧，又乖又單純，然後還超級願意等待，這簡直是情婦的標配。妳當情婦真的超適合，但我絕對不允許。」

我直接送她一個白眼，「別說妳了，我自己也不允許好嗎？」我還是想好好談一次戀愛。至少在我死之前，要看一下愛情的模樣，是不是真的像電影裡演的那樣。

「不行，愈想愈可怕，以後哪個男的對妳有興趣，一定要讓我知道，我先幫妳過濾。」我看著激動的芷言，心想她是不是搶走我媽的台詞了？如果我媽還活著，會跟她一樣，永遠都以為我是十七歲未成年的女兒嗎？

我覺得她大驚小怪，笑笑回她，「誰會對我有興趣？」我這輩子還真沒被人追過，我和所有愛情的關鍵字都有著距離，我知道的愛情只在書裡、電視裡，想想也是滿悲哀的。

「妳能不能對妳自己有點信心？」

「我有啊！」我可是自己賺錢養大弟妹的人呢，誰比我厲害？可是人只有兩隻手，不可能什麼都要，也沒辦法什麼都拿在手上，我能好好的活到現在，看著弟妹各有工作和生活，已經是我人生最大的幸運。

即便很辛苦，也算是苦盡甘來的人。

芷言一臉覺得我在說屁話的表情，才要反駁我時，謝天謝地，她的手機響了。她看了我一眼，無奈的把手機接起來，沒意外應該就是魏以晨來電吧。我拿起工具繼續處理牆上的壁癌，好讓她專心跟魏以晨通話。

誰知道她「嗯嗯」應了兩聲後，就結束了。

我抬頭微笑看她，「以晨找妳去吃飯了？」她點點頭，我很快補了一句，「那妳快去啊！」

「到底多怕我唸妳？」她沒好氣的雙手抱胸看我。

「超怕。」因為我不管有沒有開口，都會講輸她，我誠實以對，給了她一個十分討好的笑容。

她似乎是要放過我，拿起包包要離開前，又回頭說：「我還是覺得這裡不好，雖然說手工餅乾做宅配不是不行，但這裡龍蛇雜處，妳一個女人住還是太危險了……」

沒等她說完，我丟下工具，把她喝一半的飲料塞回她手上，假意送她離開，實際上是推她走人，「知道了，反正就先住，之後有錢再換地方。妳快去，免得魏以晨又要跟我吃醋了。」

「管他。」她說完的同時，也被我趕到門外了。

我笑笑的對她揮手，「開車小心，bye！」

芷言怎會不知道我的把戲，白了我一眼後，也跟我揮手道再見，「好啦，妳自己注意安全。」

我點點頭，目送她離開。

其實芷言的擔憂，我並不是沒有掙扎過，這地區風評的確不太好，所以我在決定買下這裡成為我家的前一個星期，我每天晚上都會來這裡走走。是有遇過幾個很像流氓、混黑道的，但對到眼了，也不會像電視裡面演的，直接大罵，「看三小？」

當然也沒有把我拉到空地勒索我，要我交保護費。治安並沒有想像的差，或許是大家都認為這區可怕，所以往來的人少。這樣一來，反而覺得很安靜舒服。再加上最現實的預算有限，我還是決定買了。

來這裡都住了快一個月，什麼可怕的事都沒有發生。反倒是有兩次，我追不到垃圾車，還有個人好心搶過我手上的垃圾，幫我追上垃圾車去丟，然後就直接走掉了。我連一句謝謝都沒有能對他說，我只記得他黑色外套後面，有個很大的勾勾圖案。

或許是感受到這樣出其不意的溫暖，我慢慢喜歡上這個被喧鬧台北遺棄的安靜角落，還打算在門外種點盆栽跟花。儘管這個地方被很多人覺得不堪，我仍然認為她有美麗的資格，就像我一樣，即便沒有父母，也還沒有人愛，我也希望自己擁有幸福的權利。

可以選擇的人，終究還是幸運的，而我選擇努力幸福。

我知道開店不容易，但我熬過了太多不容易，我很清楚，自己不是那麼害怕困難的人。

但我發現，我很怕孤單。

雖然維倩到台北讀書後，我也是自己住在高雄，但她兩星期就會回家一次，寒暑假會到我們公司打工。有個可等的人，就算日子平淡無聊，但也不那麼寂寞。她說要留在台北工作，我也不反對，但當我也上台北來，所有弟妹都說要獨立自己住，我才有那種：「啊，從現在起，就是我自己一個人了。」的感覺。

我還在適應要「孤老終身」這件事。

所以我很能跟菜市場的阿婆、阿姨聊天，她們對兒女放不下的牽掛，和看著兒女離家的失落，都是我經歷及正在感受的。我昨天就在附近的黃昏市場，聽賣水果的阿姨說她有多想念在日本讀書，因為太忙回不來的兒子。阿姨說到老淚縱橫，我也跟著人家鼻酸哽咽眼眶紅，只差沒抱在一起哭了。

回家後，我覺得自己真的很像瘋子。

就像現在，我第一百零八次拿起手機，看著群組裡，我昨天晚上發出去的訊息。

「後天爸忌日，有人要一起去拜拜嗎？」

至今，三個弟妹全都已讀不回。我又不想當討人厭的姊姊，只好忍住不再繼續傳。再一次逼自己放下手機時，手機傳來了訊息提示音。我秒拿起手機來看，結果是問要不要貸款的。

我真的很失落，下一秒，訊息聲又來了，這次是維倩傳的。她說：「晚上要加班，今天不一起吃飯了，下個月吧，我剛進公司，沒辦法隨便請假，明天不去拜爸爸囉！」

我心裡有幾千幾萬句話想說，卻又不知道怎麼說，最後還是只能回傳，「知道了，記得三餐正常。」

很快的，我得到了一個笑臉的貼圖，可我卻笑不出來，只能不停告訴自己，大家都有各自生活，我得適應，尤其是適應寂寞。

於是，我繼續刮著牆上的壁癌，幻想著掉下來的是一片片的寂寞，然後，總有一天，我會習慣的。

隔天，我起了個大早，很快打理好自己，因為也沒什麼好整理的。換上T恤、牛仔褲，背上我的帆布包再戴頂帽子，擦上防曬乳液，我就能直接出門。到了樓下，看著那片昨晚被我弄乾淨的牆，我覺得心滿意足。

想想，空虛也不會太難熬，找點事做就過了。帶著好像打贏一場勝仗的心情，我揚起微笑，準備去祭拜爸爸。

我從家門口要往外頭大馬路走時，就看到一個熟悉的背影，穿著勾勾運動外套的人就走在對面街道上。我掙扎著要不要過去跟他道謝，總覺得人家幫我兩次，不管如何都要致意一下，但又怕唐突。掙扎一會兒後，我還是下意識的跑了過去，但當我跑到對面時，他人又不見了。

一瞬間，我還真不知道，我到底遇到的是人還是鬼，怎麼那麼容易消失？

最後，我收起沒說出口的謝謝，轉身往市場去，很快的買了水果和我爸愛吃的蔥油餅，搭著公車轉了三趟，來到安置父親骨灰的地方。其實我爸是跟我差不多時間回來台北的，當我決定要到台北住之後，我便把他的骨灰跟爺爺奶奶的放在一起，也幫我爸好好的跟爺爺奶奶道了歉，他生意失敗，爺爺奶奶留下來的東西，他都沒有守住。

但身為他女兒的我，有好好守住他們的另外三個孫子，希望他們不要怪爸，跟我媽在天上一家團圓和和氣氣。

沒想到，當我走到我爸的塔位，前方的小供桌已經放了一份蔥油餅。我知道是維妮來過了，她雖然脾氣不好，但很細心，會記得這些小事的人就只有她了。只是我不懂，為什麼她不跟我一起來？

這陣子打她手機都沒接，最後一次回我訊息都已經是兩星期前的事了。

維妮個性衝，不愛人家管，更不愛人家唸，所以我也不知道，像這種情況我到底該怎麼問維妮。「妳怎麼自己先來了？」還是，「怎麼都不回我訊息？」我都可以知道她會回我什麼，「為什麼不能自己來？」「一定要每個訊息都回嗎？」我看了真的會生氣，但其實她也沒說錯。

自己的時間本來就自己管理，她又是有工作的人，可能沒辦法配合我的時間就自己來了，而且我也沒有每則訊息都回，怎麼要求別人要回我的每則訊息。

所以我只能嘆氣，突然不了解這個爸爸過世後，突然開始叛逆的妹妹。

我把水果放上供桌，也把蔥油餅放上去，點香拜託我爸，一定要保佑維遠、維妮跟維芯事事順利。畢竟蔥油餅都吃兩份了，努力保護兒女不為過吧。

我還是很孝順，不想讓他太累，我告訴他，至於我，就不用了，因為我會好好照顧自己。

在等我爸吃東西時，我走到大佛桌前的陽台去，看著底下的風景，想念著過去爸爸還在的日子。雖然芷言很愛唸我是弟妹奴，覺得我太愛他們了，但其實比起愛，更多的是心疼。

我是老大，或許承擔了很多責任，但比起弟妹，我擁有了和父母更多的記憶。維妮沒有被媽媽抱過，她甚至偶爾會忘記媽媽叫什麼名字。而維倩則是才五歲，爸爸過世，媽媽就消失了。

如果我不愛他們，他們怎麼辦？

我深吸口氣，又重重的嘆了口氣，突然一道聲音在我背後響起，「妳站在這裡幹嘛？」

我回頭看去，眼前的人有些面熟，下一秒，我才記起來：這不就是我弟嗎？沒有誇張，我對他的臉就是這麼陌生。

「維遠？」

「我看蔥油餅還熱的，想說妳應該剛來。」我心情很激動，但又不想讓維遠察覺我很激動。我試著讓自己看起來像是常常見到弟弟，又識大體的姊姊，微笑說著，「我以為你今天還是忙。」

「是很忙，只能抽空，所以不敢跟妳約。」

「沒關係啊。」我笑了笑，突然不知道怎麼跟自己的弟弟面對面說話。太久了，久到我覺得我們跟網友差不多，只會傳訊息跟打電話。幸好維遠還會找話題，「妳店面弄得怎樣了？」

「就慢慢弄也不急。」

「妳錢夠嗎？不夠我這裡有。」

我忙點頭，「我有！錢你自己留著花，對了，你上次說有跟維妮吃飯？她看起來好嗎？我好久沒見她了，她今天也有來，只是比我還要早。」

「她不就都那樣。」可以，這回應很直男。

我也只能應付的點點頭。然後維遠對我說：「妳不用太操心我們，過妳自己的生活就好了。」

我才剛要開口，維遠又說：「我還要趕回去公司開會，得先走了，我剛才跟爸媽還有爺奶上過香了。」

我把想說的再吞回去，點頭回應，「好。」

維遠看了我一眼後，轉身離開，下一秒又突然回頭，從口袋裡拿出一疊厚厚的紙給我，「這是百貨公司的禮券，妳拿去買想要的東西。」

我愣了一下，「我沒有缺什麼啊。」

維遠還是把禮券塞到我手裡，用著很不自然的口氣說：「對自己好一點，女生不都愛打扮嗎？妳拿去買個好一點的包包也可以啊。」

「帆布包已經很好用了。」我說：「但還是謝謝你啦，你要不要拿去買台空氣清淨機，你住的地方比較潮濕。」我把禮券推回去給他。

他又推給我，「我就是知道妳不要拿我的錢，我才拿去買禮券。妳不花，就浪費掉了喔。」

我真的差一點哭出來。

爸在醫院過世那天，維遠只跟我說一句，「我的生活，我會自己負責。」然後就真的不用我擔心。但我仍然會把要給他的生活費存下來，直到我聽到他跟教授的通話，知道雖然有企業願意贊助他出國讀書的學費，可是擔心在國外消費高，而他得很專心拿學分，無法用多餘的時間去賺生活費因此萌生拒絕的想法時，我把那本為他而存的存摺給他。

我永遠忘不了維遠那張歉疚的表情。可是他欠我什麼嗎？沒有啊，我們的債主都是命運，不是彼此。

維遠清清喉嚨，語調仍生硬的說：「其實就算妳現在不開店、不工作，我也能養妳。」

好的，我直接流下眼淚。

維遠很慌的看著我，「妳幹嘛？」

我哽咽回他，「你長大了。」我一直沒機會對他說這句，但當他說要為自己負責時，他就已經提早長大了。

他有些尷尬，對我說：「我今年都三十五了。」

我笑了笑，十八歲的他和三十五歲的他在我眼前重疊，但不管是哪個他，都同樣是我的弟弟。

「妳不要哭了啦，我真的要先回公司了。」他提醒我。

我知道他真的得趕回公司，但我也知道他更想躲開。一向不多話，又不是那麼感性的人，突然做著讓人感動的事，我知道此時此刻他一定非常想從我的眼前逃離。我放過他，這是我對弟弟的溫柔。

我對他點點頭，眼神示意他快去。

這次他沒有再回頭，真的直接離開。我握著手上那疊厚厚的禮券，去跟爸、媽還有爺奶說這件事，很驕傲的對他們說，我沒讓維遠變壞，我沒對不起他們。

就這樣，我帶著滿滿的快樂離開，回到家，我甚至想著要不要把禮券貼在牆上當壁紙做紀念。但我只是想想，做不到，因為那也是錢，而錢很重要。

所以我打算拿去裱框。

雖然我覺得人家會以為我瘋了，但沒關係，我不在意。

我把禮券收到抽屜去，這是我弟對我的心意，我要好好留著，以後心情不好拿出來聞一下，也能瞬間覺得快樂吧？我欣慰不已的關上抽屜，接著繼續將堆在客廳裡的紙箱打開，將裡頭的東西歸位。不知不覺天就黑了，我把白天帶去祭拜爸爸的蔥油餅熱來吃，才咬下第一口，我聽到了「砰」的好大一聲。

好像什麼東西受到重擊的聲音。

我瞪大眼睛，接著又隱約聽到急促的腳步聲，該不會芷言擔心的事要發生了？外面正在槍戰？如果是這樣，那我死都不能出去！

才剛這樣想完，我就聽到有東西打在我家鐵門上的聲音，感覺就是這麼近。想到鐵門老舊，如果真的有人衝進來，我怎麼能坐以待斃？我迅速的拿起拖把，不敢開燈，緩緩的往樓下移動。家就這一丁點大，樓下又還沒有開店，就一張折疊桌和一些整修工具，有沒有人一看就知道。

我確定了所有可能躲得進人的角落，幸好都沒人。往外看去，只有一道從鐵門縫隙中透進來的光，難道剛才那一聲，是鐵門不小心被撞開了？

我小心走出去，想把門重新關上鎖好時，卻從縫隙中看到距離我家大約兩百公尺處，有一群黑衣人正對著躺在地上的人拳打腳踢。我不是不怕死的人，沒辦法帥氣衝出去救人，唯一能做的，就是拿出我口袋裡的手機，幫這個好像快被打死的人報警。

當我正要撥出電話，竟看到了那個人身上穿著我熟悉的那件外套。沒想到被打的是幫我追過兩次垃圾車的人。等我報警完，警察趕到時，他可能就往生了吧！

於是我用最快的速度衝到二樓，從包包裡拿出我帶著防身的口哨，接著從房間窗戶爬出去。入住那時才發現，我二樓房間的窗戶下方，有個平台，可以跳到隔壁的矮牆上，再順利到達後面的小空地。我就照著這樣的路線，從空地繞到另一邊，看到那些人還在打他，我瘋狂的吹口哨，然後手忙腳亂的用手機撥出警車警鈴的音效。

我也怕自己會被追殺，不想從我家發出聲音，才故意繞到這裡吹口哨。黑衣人們真的以為是警察，迅速的跑掉。我不敢馬上跑出去，真的確定那些人都跑遠之後，我才敢走過去。

然後就看到他躺在地上，鼻青臉腫，手臂還被劃傷流著血，衣服都破了。雖然看起來很痛，但幸好他還有呼吸，我只能開口對他說：「我現在要扶你起來，你自己也努力一下。」

我知道這很不可思議，如果楊芷言和葉夢舒知道我打算把一個陌生男子帶回家，絕對會罵死我，可能還會把我關在她們家禁足。但我實在沒辦法這樣把他丟著，於是，我用盡力氣扶他站起身，讓他搭著我的肩，帶他回家。

因為我相信會幫忙追垃圾車的人，都不會是壞人。

第二章

「你還有辦法爬樓梯嗎？」我扶著他進我家後的第一句。

他低頭看我，有氣無力的說：「妳想幹嘛？」

看他露出驚恐的小眼神，我用非常溫柔的語氣，以盡量不嚇到他的方式說：「報恩。」

他愣了一下。我沒辦法跟他解釋因為一樓什麼都沒有，連水龍頭也是時好時壞，很難幫他上藥，我這樣跑上跑下也會很累。所以我直接帶著他上二樓，提醒他，「這樓梯階比較高，你慢慢走。如果你摔下去，我也會掉下去，最壞的打算，是我們都有可能死在這裡。」

我感受到他身體抖了一下，抬頭看他，他的眼神像在告訴我，他不怕死，他只怕遇到瘋子。但我是說真的，之前公司有個年輕的男同事，踩著板凳幫他媽媽換燈泡，結果摔下來撞到後腦，隔天就過世了。

那陣子，我都很怕燈泡壞掉。

但我也沒辦法跟他說太多，因為他真的太重了。我只能用最快的速度帶他上樓，讓他坐在沙發上後，趕緊去拿出醫藥箱，接著再去拿幾條乾淨的毛巾，幫他把外套給脫掉，開始處理他手臂上的傷口。

傷口很長，但幸好不是太深。

「你挺得住吧？」我問。

他點點頭，然後我就用生理食鹽水沖洗他的傷口，盡快幫他包紮好，縮短痛的時間，再處理他臉上的瘀青和挫傷。但我想是我多慮了，上藥時，他根本眉頭都沒有皺過一下，所以我也沒有客氣的問他痛不痛。他這麼能忍，再痛肯定也說不痛。

臉上的傷處理好了，我對他說，「我現在要把你的衣服拉起來。」

他一聽馬上抓著衣襬，好像我真的要對他幹嘛一樣，我只好安撫他，「你放心，我不會趁人之危。」他剛躺在地上被踢，我就不信身上沒有傷。所以我拉開他的手，直接幫他把上衣拉上來。我只能說他的身上真的是慘不忍睹，舊傷快好了又添了新傷。

跟人生一樣，問題都還沒解決，又來了新的問題。

我只能盡力幫他上藥，都弄好之後，幫他把衣服拉好，準備收拾東西。沒想到，還沒聽到他說一聲謝，就先聽到他肚子叫的聲音。他有些錯愕的看著我，好像第一次在別人面前肚子發出聲音的樣子。

我笑笑問他，「要吃蔥油餅嗎？」，然後沒有等他回答，我直接丟一句，「你先休息一下。」

我轉身去把剛剛熱好又冷掉的蔥油餅再煎熱一次。為了報恩，我還幫他那份加了顆蛋後，放到他面前。他這才緩緩睜開眼睛對我說：「謝謝。」

上完藥，感覺他好多了，我笑笑的反問他，「謝什麼？蔥油餅？還是幫你加了蛋？」

雖然很細微，但我看他嘴角抽動了一下。我不會說那是因為傷口在痛，那看起來就是在笑，只是笑得萬分含蓄，古代人家未出閣少女的那種笑。而他沒有回答我的問題，卻是反問我一句，「妳不怕嗎？」

這次我一樣不懂，「怕什麼？怕你？」他沒說話，只是挑著眉看我，所以我繼續回答他，「我覺得幫我追垃圾車的人，不會是壞人。」

他眼神再次驚恐，真的覺得自己遇到瘋子。他深吸一口氣，「以後不要多管閒事，妳這樣很危險。」

我點點頭說，「知道了，除非下次被打的人也幫我追過垃圾車。」

他看了我一眼，一臉覺得我好像沒救了。但我無所謂，很難去跟他解釋清楚為什麼我要這麼做。當然他幫過我是一個理由，但真正讓我豁出去的是，自己也曾是需要幫助的人，當我在谷底，真的很希望有人來拉我一把。

在那個門口的隙縫中，我看到他眼神裡閃過一秒的絕望。

我給了他一個微笑，他大概覺得我實在太瘋了，低頭吃起蔥油餅。但我覺得他吃得很痛苦，忍不住問他，「是不是嘴角的傷口在痛？」

他搖頭，很快解決掉盤子裡的蔥油餅後，指著一旁我昨天試做的ＮＧ餅乾，「那可以吃嗎？」

我把那袋餅乾遞給他，「當然可以。」

他迅速的拆開袋子，先塞了一片，又塞了第二片之後說：「滿好吃的。」

我眼睛一亮，「真的？不會覺得太甜？我昨天做完，就是覺得太甜，打算重新調配方。」

「我覺得還能吃。」他又塞了第三片，但我已經不期待他的評語了，他大概就是什麼東西放嘴裡，只要不是難吃到爆，都覺得能吃的人。

「那你帶回去吃吧。」

他沒回答我，只是拿起餅乾直接起身，丟了一句，「謝謝。」就轉身走人。果然是很習慣受傷的人，復原能力特別好，被打成這樣，不到一小時就可以不用人扶。

我跟著他下樓，目送他的背影離開，才發現這背影有些陌生，頓時想起原來是少了一個大大的勾勾圖案。意識到他的外套還在樓上，想喊他，他已經走遠了，只能作罷。

鎖好門，我上樓把那件沾血的外套洗好晾起來，整理好客廳，再洗好澡躺回床上。拿起手機，好想跟誰說說我今晚發生的事，但最後，我只在家人的群組裡，傳了一句晚安。仍是沒等到任何人的回應，我就睡著了。

隔天，我本來打算繼續整理店面，但當我打開一樓鐵門，才發現鐵門被撞凹了一處，上頭還有血跡。我猜是昨天他在我家前面被毆打，才會連門都撞開了。眼見這老舊鐵門這麼不穩固，我決定先出門去找店家來換門。

沒想到我才剛要出門，就看到一群人慌忙的逃跑，追在後頭的竟是那抹熟悉的身影。這次，不用穿那件外套我也能認出他，他後頭跟著一群人，看起來像是他的小弟們。我被這陣仗嚇到，迅速把鐵門關上，等著跑步聲散去，我才緩緩的再打開門。都還沒把門拉開，一個陌生人直接撞開了門，跌在我面前。我很想尖叫，但我沒有。

下一秒，換他出現，狠狠的揍了那個人一拳後，把那個人拎起來推出去，然後對我說：「不要出來，鎖門。」出去的時候，還替我把門拉上。但有個屁用，門根本全壞了，鎖洞都對不上。

我只能用身體抵著門，很怕又有另外一個人被揍完踢進來。但很快的，打鬥聲再次遠去，我正猶豫著要不要出門時，電鈴聲響了。我轉身馬上開門，就看到他站在我面前。

他可能沒有想到門會馬上開，嚇了一跳，「妳怎麼……」

「門壞了，根本不能鎖。」我指著門，然後看向他。我沒有指責他的意思，只是用眼神解釋，我想他會懂。他先是一愣，然後撥了通電話出去，轉身去外面講。不到一分鐘，有個騎摩托車的人靠近他，大喊，「乙東哥，我在這裡！」

接著，他帶著騎摩托車的人過來，指指我那扇壞掉的門，「換個門，好一點的，今天處理好。」

「OK啦！」那個人又騎著摩托車走了。

我心裡真的有幾千幾萬個問題想問，但他先開口對我說：「今天會幫妳把門修好……」說到一半，發現我背著包包，又突然問：「妳要出去？」

「本來要去找人來修門。」我指著凹進去的那個洞。

「對不起。」他尷尬的回我，然後說：「那妳不用出去了，已經找人來幫妳換新的了。」又補了一句，「報恩。」

我笑了笑，既然不用出門，我準備開始整理我的店面。他則是退到門外五十公尺處，蹲在那裡用手機聯絡事情。我偶爾抬頭會和他正好對到眼，最後忍不住起身走到門口喊他，

「你要不要進來，外面很熱！」

他搖頭。

下一秒，那個騎著摩托車的小弟來了，後頭跟著一台工程車，上面還有個新鐵門。師傅停好車下來，小弟跟師傅說，「就這個門啦！」

然後，我和他就好像楚河漢界，各自看著師傅帶著兩個學徒，很快的幫我把舊門換成新門，小弟則是一直在旁邊碎唸，「這門有安全吧？」「阮大仔說要最好的！」「不會一撞就開的那種……」

師傅安裝好之後，把鑰匙給我，教我怎麼開暗鎖，當我學會、試過了，抬頭往五十公尺處望去，他已經消失了。小弟付了錢，送走師傅，轉頭笑笑的對我說：「小姐，不好意思啦，以後我們打架，會盡量不要打到妳家門口啦！」

「謝謝。」我很自然的脫口而出。

小弟愣了一下，客套的說：「不用謝啦，應該的。」說真的，我們這對話真的挺荒唐的。小弟朝我揮揮手後，戴上他的安全帽，騎著他的摩托車要走時，我忍不住喊住了他。

他回過頭來看我，一臉莫名其妙，「怎麼了？」

「你們打架不能休假嗎？」

他「啊」了好大一聲，然後大笑出聲，笑出豬叫聲後才說：「小姐，我們這種人，只有被關才會休假啦！」

「至少最近不要打架啊，他昨晚才受傷。」

「他？」他恍然，「妳說乙東哥喔？」我點頭，他不以為然的告訴我，「那小傷啦，對乙東哥根本小 case，歹勢啦，我還要去喬代誌，先走了喔！」小弟說完騎車走人。

我突然覺得自己越線了，昨晚可以說是「幫忙」，但此時此刻，我已經是「多管閒事」了。我趕緊收拾情緒，回到自己該做的事情上，繼續整理店面，然後上樓試做餅乾。當我回過神來，才發現自己居然烤了五大盤。

這是要吃到什麼時候？

對自己今天如此的放空，我感到有些無力。

突然，手機響起，把我的思緒拉了回來。我接起來，是芷言來電，她在電話那頭說：「我明天特休，夢舒也有空，一起去吃飯。」

「好。」

「我明天早上過去接妳。」

「OK。」

我才要掛電話，芷言又問：「妳沒事吧？」

不誇張，我頓時心虛，要是芷言在我面前，我百分之百被抓包。我極力壓抑這種慌張，笑笑回答，「哪有什麼事。」

「但為什麼妳聲音聽起來很空洞？」

我傻眼，「空洞到底是怎麼聽出來的啦，妳唬我喔！」

「就是那種沒力沒力的感覺啦，很像不是失戀就是思春……。」

「春妳的頭，明天見。」我直接掛芷言電話，懶得理她說什麼。但抬頭望著一室冷寂，心想她的觀察力也是很強，房子裡的確是很空洞。我又這樣過了一天，再次點開群組的訊息，只有維遠回了我一個貼圖，兩個妹妹仍是安靜到不行，甚至沒有讀。

最後，我忍不住打了電話給維妮，我都快忘記這個妹妹的聲音了。但維妮沒有接我電話，我傳了私人的訊息給她，「好久沒看到妳了，有空打給我。」

傳完後，我放下手機去清洗烘焙用具，邊等著維妮回我訊息，但我最終卻連已讀兩個字都等不到。

我有點傷心。

結果，帶著這樣的情緒入睡，然後大睡過頭。當我接到芷言的電話，說她再二十分鐘就會到時，我整個人差點沒從床上跌下來。還好我速度夠快，梳洗好再換好衣服，衝下樓，打開大門，我看了眼手錶，才過十分鐘。

也就是我還有十分鐘的餘裕，可以從家門口晃到大馬路，一瞬間，心情變得好好。我轉頭看到我家後方有幾棵木棉花樹已經開了，我決定繞一下路，邊欣賞花邊走出去。沒想到我看花看痴了，不小心走到路中央，結果被後頭的來車按了聲喇叭。我趕緊退到路邊，抬頭看著一輛豪華名車駛過。

後座坐著一個嚴肅的老阿伯，旁邊竟是那個乙東，他也面無表情。車子行駛的速度很快，一下就從我眼前消失。我搖搖頭不去多想，也加大步伐走出去，一到大馬路口，就看到芷言的車停在不遠處，夢舒拉下車窗對我搖手。

我開心的跑向她們。

過去，芷言和夢舒曾因為一個男人鬧到不可開交，現在我們還能碰在一起，我常覺得這好像是夢。

雖然我是透過芷言才認識和她高中同班的夢舒與水仙，但我們常常玩在一起，四個人跟連體嬰沒什麼差別。可是水仙後來和男老師戀愛，鬧得人盡皆知，最後被爸媽帶離台北，從此失聯。

後來我到了高雄，還是努力和她們保持聯絡。沒想到，芷言和夢舒竟同時愛上吳世學，芷言不能接受自己男友和好友同時背叛她，我努力想勸合兩人，卻怎麼都沒有用。沒談過戀愛的我，不能理解姊妹情怎麼因一個男人破碎，從好友變成仇人。我無法阻止，勸也勸不動。為了現實生活，久了我也沒有力氣再管她們，就這樣莫名其妙三個人都不再聯絡。幸好過了多年，夢舒和芷言一起將那些仇怨都解開了。當初各有各的立場，也產生了很多誤會，即便後來夢舒真的和吳世學結了婚，但蒙上陰影的愛支撐不了他們，最後夢舒還是選擇離婚。最近在我們的勸導下，她正在好好的接受心理諮商。

我常看著她們兩人，知道人生所有過不去的坎只和自己有關，但不管怎樣，至少有談過戀愛的人，我就是羨慕。

我笑著開門上車，她們兩個同時轉過頭來看我。我嚇了一跳，「幹嘛？」

「妳在笑啊。」夢舒說。

「不然跟妳們出來，我要哭嗎？」我很認真的問她們。

夢舒笑笑，「妳今天看起來不太一樣。」

「有嗎？」

芷言拍了一下夢舒，「我知道哪裡不一樣了，她今天沒穿白色T恤啦！」

「我真的不是每件衣服都白的好嗎？」我大翻白眼。但她們根本不在乎我回答了什麼，只是自顧自的聊天。

「開到餐廳要多久？」夢舒問。

「二十五分鐘吧！」芷言回。

「吃完要不要去喝杯咖啡？」

「當然要。喂，要不要順便去拜拜？」芷言加碼提議。

「當然要！」夢舒馬上回，「我最近好像犯小人。」

夢舒開始說起近來工作上的不適應，畢竟當了那麼多年的家庭主婦，突然回到職場上，對她來說是很新鮮的。在過去，我和她某種程度都是沒有任何自我的人，現在要慢慢撿回自我，其實是很不安的。

因為，有時候根本不知道撿的是不是自己，還是只是一種妄想。

我們就這樣一路聊到餐廳，吃了兩小時的飯，再轉戰咖啡廳，又聊了兩個小時，話好像永遠都說不完一樣。這世界上怎麼可以沒有咖啡廳？

聚在一起，各聊各的人生煩惱，而我們都知道，就算說了，終究也是自己在面對。但只要能說出來，就是一個爽字，更痛快的就是大家一起罵。有很多人說「罵」不能解決問題，不過，多少可以舒緩情緒。

心情會影響一切的，好嗎？

就像現在，維妮對我昨天傳的訊息仍是未讀未回。我忍不住一直確認，芷言看不下去，唸了我一下，「妳再滑開一千次，她不會看就是不會看。」

「我只是擔心她。」她不回我沒關係，但已讀至少讓我知道她看了手機，知道她人好好的就行，維妮不曾那麼久沒讀訊息。

夢舒也跟著安撫我，「放心啦，她應該就是在忙，妳不也說她有去拜伯伯了嗎？她也不是小孩子了，有什麼事會自己處理，妳這樣很像控制狂姊姊耶。」

「我沒要控制她，只是覺得維妮好像在故意疏遠我。」

芷言忍不住敲我的頭，「不要想太多好嗎？妳那麼辛苦照顧她，她如果還這麼忘恩負義，那這種妹妹不要也算了！雖然我知道妳做不到。」

我乾笑兩聲，接著手機震動了一下，我快速的拿起來看，感受到芷言和夢舒用著鄙視的眼神看我。

我承認我沒用。

沒想到，一滑開手機，是通知我訂的書已經到貨的訊息，那本赫拉新書，書名是什麼說真的我已經忘了。見我表情有些失落，芷言把我的手機拿過去，一臉不敢置信的看著我，「原來是取貨通知，我還以為維妮傳什麼讓妳晴天霹靂的訊息來咧。」

夢舒補了一句，「就是沒傳，才更晴天霹靂。」

芷言讚賞的看著夢舒，兩人有默契的擊掌，完全無視我的心情。芷言再看了一眼手機後說：「妳買這什麼書啊？人生哪有這麼好混，渣男哪有那麼難對付……」

夢舒緊張的拉著我，「妳遇到渣男了？」

我馬上回應，以免她們兩個有更多失控的想像，「沒有！我只是覺得赫拉滿有趣的，我都會聽她的 Podcast，剛好她在宣傳，我就下訂了。」

「妳腦波怎麼那麼弱？」芷言不能理解的看著我。

我承認，所以我沒有反駁，然後忍不住跟她們推薦，「妳們有空都可以聽一下啊，而且我一直覺得她的聲音好耳熟。」

「我對什麼兩性專家說的話，都抱著一百分的懷疑。」夢舒說。

「隨便講幾段失戀的事來騙騙大眾，錢也太好賺。」芷言也搖搖頭後，捏捏我的臉，「信自己得永生好嗎？」

有自信的人當然可以信自己，可是對我這種一直沒有什麼信心的人來說，有個精神可以寄託和信任對象，甚至因此得到一些安慰，是生活裡很重要的一股力量。但我不會解釋太多，因為我不是芷言、夢舒，她們也不是我，要百分百同理對方，難度太高了。

我不要求她們百分百懂我，只要能在脆弱的時候擁抱我就好了。

所以，我笑笑的回應芷言，「好。」

怕再這樣聊下去會聊到天黑，於是我們趕緊買單，前往廟裡拜拜。拜完後，夢舒說她這兩天睡得不好，於是芷言又陪著夢舒去後頭讓廟婆收驚，然後對我說：「妳去拜後面月老。」

「不用吧。」緣分不就是順其自然嗎？如果我註定終老一生，拜月老不也是在為難老人家嗎？

芷言霸氣的回了我一個字，「去！」

我只好乖乖轉身，往另外的偏殿去。點了香，看著眼前的月老神像，我也不知道要跟祂說什麼，就只是拜完，將香插進香爐。我真的很不喜歡勉強別人，所以放過月老吧！

雙手合十拜過，一轉身，我直接撞上後頭的婆婆，嚇得差點沒有在廟裡大叫，不然我可能是全台第一位被禁止進入寺廟的信徒，吵死人就算了，差點被吵死的還是神明。

幸好我反應很快的拉住婆婆。不然這一撞，她如果跌倒，我不知道要賠多少。看見婆婆手上的那捆紅線整個掉在地上，我恢復鎮定，確定婆婆是站穩的，我才彎腰替她將地上的紅線撿起。

「不好意思，沒看到妳在後面。」我道歉。雖然我覺得婆婆也有問題，她幾乎是整個人貼在我背後，才會撞得這麼突然。

婆婆搖頭不收紅線，「這掉在地上過的，就不靈了。」

我傻眼，「有這種事？」

「就是有，這些妳要負責！」

我看著眼前這位莫名其妙的婆婆，穿著一身紫色印染棉衣裙，踩著淡紫色皮鞋，手裡拿著求姻緣紅線一條三十元的牌子。看起來也不像無理取鬧的人，怎麼會說出這麼莫名其妙的話？但我其實最想問她的是，這麼奇怪顏色的鞋子到底哪裡買？

不過我沒問，只想趕快離開，「妳意思是要我全買下來嗎？」

「妳可以只買一條。」

我點點頭，然後從皮包裡拿出三十塊銅板要給她。婆婆卻說了一句，「一條三千。」

我先是愣了一下，然後看著這個婆婆。她也看著我，對於自己說一條紅線要三千元這件事，顯得十分不心虛。

我們兩個人對看著，絕對不是在比賽誰先眨眼睛，但我們就這樣對峙著，誰也不說話。最後是我輸了，我眼睛乾到想流淚。

婆婆伸出手來要錢。她既然敢要，我也敢給。衝著她這麼理直氣壯的樣子，我非常佩服她的勇氣和臉皮，直接把皮包給她，「我是覺得三千很不合理，所以我拿不出來，但我可以給，妳自己拿。」

她直接打開我的皮包，同時看了我一眼，思索了大約十秒後，拿走一百塊，然後把皮包還我。我忍不住問她，「妳不是說要三千？」

「現在不想要了。」她笑笑的把我手上那捆紅線拿過去，抽出一條綁在我的手上，一邊問我，「妳想要什麼樣的對象？」

問得讓我有些措手不及，我反應不過來，她又說了一次，「來拜月老不就是求姻緣嗎？妳剛剛什麼都沒有說，月老怎麼會知道。」

我嚇得退了一步，「妳怎麼知道？」

此時，芷言的聲音傳來，「維芯！」我回過頭去，就見芷言快步跑來，夢舒跟在後頭。

芷言一把拉著我問，「妳在跟誰講話？」

我愣了一下，再轉過頭去，人消失了。「奇怪，那個婆婆怎麼不見了？」

「那個婆婆跟妳說什麼？」芷言緊張的繼續問我。

「妳剛不是叫我拜月老嗎？結果我不小心撞到那個婆婆，她居然叫我花三千塊把她的紅線都買下來，可能平常都是用這招在騙香客吧。」見芷言眼神一直往婆婆消失的方向望去。

我好奇問她，「怎麼了嗎？」

「記得我跟妳說過，我搬新家的時候，認識了一個阿紫奶奶，後來她不見了，怎麼也找不到她，看背影感覺有點像。」芷言說。

夢舒附和著，「剛才那個婆婆也是全身紫耶，會不會是同一人？」

我們三個人面面相覷，但誰沒有答案，只有留在我手上的紅線，可以證明那位婆婆的確存在過。但我們沒辦法多想，時間已經晚了，踏出廟宇也的確快天黑了，我讓芷言送夢舒回去就好，我還想去賣場買些生活用品。

於是，女人們的充電時間結束了。

我回到了現實生活，先去大賣場逛了一圈，買了些麵粉、衛生紙，大包小包的回家。才剛從大馬路走進巷子，就見一群黑衣人從我身後衝了過去。我嚇一跳，看了下手錶，才七點多耶，有需要這麼早就開始打架嗎？都不用吃晚餐是不是？

沒想到走沒兩步，又看到乙東的小弟往我這方向跑過來，那群黑衣人就追在他後頭。我腦中一陣空白，想著到底要怎麼辦？小弟被抓到一定被打死。

下一秒，本來追著小弟往我這方向衝的那群黑衣人好像看到鬼一樣，又突然折返。我回過頭去，就看到另一群更多的人衝了過來，最後面是那位乙東，很帥氣的大哥模樣走過來。

頓時，乙東帶的那群人追上了另一群人，兩派人馬打了起來。我整個人傻在原地，結果有個黑衣人跌在我眼前，我害怕到下意識踩了他一腳。

乙東可能發現我在找死，趕緊把我拉了過去，脫下外套蓋在我頭上。結果一個黑衣人過來，想朝他背後襲擊，我直接把手上的衛生紙和麵粉丟向那個黑衣人。乙東轉身一腳把那個人踢開，接著把我推到旁邊的貨車後面，生氣的說：「妳給我在這裡躲好，不准出來。不要命了嗎？」

他說完就出去打架了。我躲在旁邊聽著砰砰砰和互相叫罵的髒話聲，幾次很想偷看，但一偷偷看過去，就和乙東對到眼，我只好心虛的再躲回來。一直蹲到腳都麻了，才看到一雙腳出現在我眼前。我還以為是乙東，正要抬頭時，那個人挨了一拳，跌在地上，乙東直接坐到他身上，不眨眼的揍了他好幾下。

小弟過來幫忙，拉起那個被揍到頭暈的人後，對乙東說：「乙東哥，人我先帶回去了。」

乙東點頭，再過去交代其他手下一些事。我偷偷探出去看了一眼，這次好像是乙東他們贏了，兩台廂型車從大馬路駛進來，帶走那幾個來不及跑走的人。我不知道他們有什麼恩怨情仇，但感覺樑子應該結得很深。

我看到出神，乙東回頭過來冷冷的說：「很好看嗎？」

我沒有回答，他走過來，表情很嚴肅，「妳知不知道妳剛剛在幹嘛？妳這樣亂出手，不怕惹上麻煩？」

「他都要打你了，我只能用東西丟他啊！」不然咧，尖叫有用嗎？

他突然被我的回答堵得啞口無言，生氣的轉身去撿起掉在地上的東西，然後警告我，「這幾天晚上不要出門。」

「農曆七月還沒有到耶。」我說。

他沒好氣的瞪我，「我在跟妳講真的。」

我看他表情真的很認真，忍了很久還是問了，「最近發生很嚴重的事嗎？前陣子明明很安靜的。」

他看著我，好像在思考到底要怎麼說。他想了很久，最後說了一句，「很快就會平靜了，再一陣子。」

我點點頭不再多問，這涉及個人隱私，我也不想知道太多。過去想接過他手上的東西時，他卻閃開，「我幫妳提過去。」

我也沒有拒絕，畢竟那真的滿重的。他陪我把東西拿進屋，我才注意到他今天穿的竟是黑色西裝，嗯，滿人模人樣的。但可能是剛跟那群人伸展四肢的時候，釦子飛了好幾顆出去，整個人顯得十分狂野。

「要不要把襯衫脫下來，我幫你補釦子？」我說。

「換新的就好。」

我點點頭，等著他跟我說再見，但他又好像沒打算說，我們就這樣尷尬的對看了三十秒，接著又正好同時說：「那個……」

沒等他先說，我就開口了，「我昨天不小心多做了很多餅乾，你要吃嗎？」

「如果送給其他人吃也可以嗎？」

「當然可以！絕對可以！超級可以！如果他們吃完有什麼感想，也可以給我建議，我很需要。」

他愣了一下反問我，「為什麼？」

我很快的跟他說了一次打算在這裡開手工餅乾店的事，他只是點點頭，有些抱歉的說：「我那天沒說出個什麼東西。」

「都吃完了吧？」我問。見他點頭，我笑了笑，「那就是不算難吃。等我一下，我上樓去拿。」

於是我衝上樓，把那些餅乾拿下來，沒忘記問他，「你剛剛要說什麼？」

「忘了。」他說。

接著，我們再次尷尬的對看了三十秒，然後我先說，「再見。」

他也跟我說再見，將手從口袋裡伸出來要接過餅乾時，口袋裡的那一大串鑰匙掉了下來，扣著鑰匙的銀珠鍊斷了，鑰匙散落一地。我幫他撿起來，看著他捧了一堆鑰匙又要放進口袋裡時，我腦筋一轉，喊住他，「把鑰匙給我。」

他頓了一下，我直接把鑰匙拿過來，然後解開我手上的這條紅線，多繞了幾圈幫他把鑰匙先串起來。他表情有些不屑，「妳也相信綁紅線求婚姻這種事？」

我搖頭，「我只相信花錢買教訓這件事。」

「什麼意思？」

「這條本來要三千塊，後來變一百，綁在我手上沒有什麼價值，但至少暫時成為你的鑰匙圈，還有算有點用處。」

他一聽就知道我被坑，整個人笑了出來。我不客氣的把東西全塞到他手上，把他往門外推出去，但還是沒忘記提醒他，「你那個手上的傷要記得換藥。」接著直接關上門。

他在門外喊了一句，「最近不要晚上出門。」

「我在家裡餓死了怎麼辦？」我在裡頭喊。

「妳不會！」他喊完，我聽到細微的腳步聲離去後，才回到樓上。收衣服的時候，才發現那件勾勾外套洗好了，忘了還他。可他還會要嗎？襯衫釦子都不補直接要丟了。

我只好把外套暫時先收起來。

突然覺得一整天在外面怎麼會這麼累，也不知道是不是因為方才太過緊繃，我頓時放鬆後，一陣睡意襲來。我忍著睏意，打算先去洗澡時，我的手機響了。我過去接起，是維遠打來的。

他告訴我，前天去領錢的時候，他忘記把提款卡拿回來，卡片被ATM吃進去，他又一直沒有時間去處理。可是打掃的阿姨明天要領薪水，問我是不是方便先幫他轉帳，或是先給現金。

「我明天直接拿去給阿姨好了。」我說。

「我再把錢給妳。」

「不急。」我說。

「那我繼續去開會。」

「都快九點了，你還沒下班？」

「今天可能會忙到半夜。」

「小心身體。」我和維遠最多就只能講到這裡。他句點王，我又沒辦法一直找話題，決定就這麼結束通話時，我想到一件事，「對了，你可以打給維妮嗎？」

「怎麼了？」

「我打給她，她一直沒回，傳訊息也沒讀，我有點擔心她。她現在比較會跟你聯絡，想說你聯絡的話，她會不會比較有可能接電話。」

「我等一下打打看。」

我有些意外維遠這麼爽快答應，他一般都是叫我不要想太多的。

「謝謝。」我說，他在電話那頭「嗯」了一聲後掛掉電話。

我總算安心一點，去洗了個舒服的澡出來，才發現我晚餐沒吃，現在餓到不行。我打開廚房櫃子，才發現買的泡麵早就吃光了。我以為還有，所以一直沒有補貨，但是我今天買的都是生活用品跟麵粉，根本沒有食物。

我馬上穿了外衣，打算走出去，大馬路邊的麵店應該還沒打烊。我拿了皮包下樓，才準備要打開大門時，手又縮了回來，乙東的聲音在我耳旁響起，「晚上不要出門！」

我不知道我幹嘛那麼聽話，還下意識的退了一步，忍不住懊惱。想起今天買的那兩袋麵粉，我有些絕望的想，「現在做麵條還來得急嗎？」

就在我想著到底要做麵疙瘩還是揉麵條的當下，我聽到門鈴聲。愣了一下，有些猶豫要不要開門。

有沒有可能是壞人？畢竟早上我才剛拿買的東西丟乙東的仇家，會不會是來尋仇的？

突然門鈴聲停下了，變成敲門的聲音，愈聽愈發覺到，這敲門聲怎麼那麼像一首歌。我努力想著，頓時腦海閃過這首歌的名字，「少女的祈禱？」下一秒我衝了出去，但門外不見乙東，只有掛在鐵門上的一包鹽酥雞。

我忍不住探出頭去看他人在哪裡，就見他站在不遠的暗處，對我揮揮手後，轉身走人。我看著他往後頭走去，確認他走遠了，我才提著鹽酥雞進門，好好的把門鎖上。接著上樓，把鹽酥雞倒進盤子裡，頓時，整個屋子滿滿的香味。

我再從冰箱拿了一瓶啤酒出來。

看著眼前的鹽酥雞，心裡激動了很久，努力平復情緒，我才伸手叉了一塊起來，咬著咬著差點就哭出來。

為什麼有雞屁股？我不要啊！

他說，我不會餓死。

因為有他，我真的沒有餓死。

第三章

有年紀了，吃消夜的下場，就是隔天照鏡子時，會覺得鏡子裡的人很陌生。到底是哪位，怎麼臉可以腫得像豬頭一樣？我開始懊悔昨晚不該把一整袋鹽酥雞吃完，我還喝了瓶啤酒。

根本就是謀殺，出門真的會嚇死路人，我會被抓去關。

但我還是去換了衣服準備出門，我沒忘記今天要到維遠家幫他給打掃阿姨薪水，所以我戴上口罩和帽子，避免太多人直視我的臉，那會讓他們以為自己看到鬼。

我走出家門，走到大馬路邊搭了公車，往維遠家去。半路上，我收到了維遠的訊息，他說維妮沒接他電話，也沒回他訊息。這讓我更擔心了，維妮就算不回訊息也會看，但我至今仍等不到她的已讀。

不知道怎麼回事，我總是心裡有些不安。

先去了維遠家，阿姨正好打掃得差不多了。我幫維遠先付薪水給阿姨，檢查一下家裡欠缺的東西，就到附近的超市幫他補些冷凍食品，但任何賞味期只有兩星期的東西都不能買。他最適合買太空食物放家裡，可以放個兩、三年的那種。

確定一切都沒有問題，離開維遠家已經快中午了，我突然閃過一個念頭，拿起手機撥給維倩。幸好她接了。

「怎麼了？」她問。

「中午要不要一起吃飯？」

「可是我跟同事約好了。」

我也只能說：「好，只是想說我在維遠家附近，離妳公司也近。」

「妳又去幫哥當採購了？真的很閒耶，妳店到底開去哪了？」

「我不急啊。」

「那妳可以去忙妳自己的事啊，哥又不是小孩，幹嘛每次都叫妳去幫他補東補西？自己不會去弄喔。」

「沒有啦，我只是去幫他付阿姨薪水，他提款卡被ATM吃掉了。」

「他是沒有手機，不會用網路銀行喔？啊，他三個月前忘了密碼，亂按被鎖住了，他真的是很扯耶，到現在還不去解鎖喔？」

「妳對妳哥也太有意見了吧！」什麼時候這孩子對維遠這麼不滿，我真的是第一次開了眼界。

她愣了一下，「我什麼都自己來，我覺得沒有那麼難，我也不會三不五時就叫妳幫我幹嘛啊！」

「維遠也真的很少這樣，要不是他偶爾請我幫忙，讓我去他家看看，我有時候還真的忘了自己有個弟弟……對了！妳這兩天有跟維妮聯絡嗎？」

我話才剛問完，她馬上回我，「沒有，我才沒那麼閒跟她聯絡。」

「妳不要老是說到維妮就發脾氣。」

「她沒給我好臉色看，我幹嘛對她好脾氣？她的事不要問我。」

「妳和維妮到底是怎樣？怎麼突然間像仇人一樣。」

「誰跟她是仇人。」她冷冷的說：「不說了，我要跟同事去吃飯了。」

我連再見都還來不及說，她電話已經掛掉了。我看著手機，本來無奈的心情，現在更無奈了。我真的不懂她們到底怎麼了，去年維妮說要加班，連年夜飯都沒有回來吃，好不容易初一回來了，維倩又說要跟朋友去爬山。兩人好像磁鐵的負極一樣，怎樣都靠近不了。

我只能重重一嘆，吃什麼飯？一點胃口都沒有，直接攔了計程車回家。打開赫拉的Podcast收聽，繼續整理我的店面，好忘記煩人的事。其實牆面都弄得差不多了，我再巡過一次，打了電話跟水電師傅約好時間，請他們來重拉管線配置。

結束通話，我將垃圾打包，想先放在門口，一開門，就見乙東從我家前面走過去。我看他走路一拐一拐的不對勁，跑出去喊他，「欸！」雖然我知道他叫乙東，但他不知道我知道他叫乙東，突然間喊他的名字也是很奇怪。

他回頭看我。

我走向他，看到他的牛仔褲磨破了，裡頭滲著血，我皺了皺眉，「跟我過來。」說完轉身往家裡走，我知道他跟上來了。

其實我也不知道我憑什麼講這句話，但就覺得以他這種被追殺，然後受傷的頻率，能活到現在也是滿不容易的。

看他之前留下來的疤，我知道他對傷口的照顧只會做到一個標準，就是不要再流血就好。像他這種做法，傷口沒有變得更嚴重，只能說要不是他真的幸運王，就是他是個適合受傷的男人，怎樣受傷都只會痛，不會有事。

我從一樓的櫃子裡拿出醫藥箱。我其實也不知道，本來都放在二樓的東西，為什麼就突然覺得應該放一樓比較方便，所以早上出門時，我把還沒有歸位回去的醫藥箱直接拿到樓下放。

難不成是我做了這個動作，才害他又被追殺？

「幹嘛？」他開口，拉回我的胡思亂想。

「上藥！」我說。

我把他拉到椅子旁邊示意他坐好，看著傷口沾粘到牛仔褲，我只能說：「我把褲子剪開，你會在意嗎？」他搖搖頭，所以我很快的剪開牛仔褲。他膝蓋磨破一大塊，傷口上頭還有沙，他居然就這樣放著不管？

「你是不是都以為傷口會自己好？」我有些生氣的問。

他搖頭，「我本來就要回去換褲子擦藥，是妳叫我進來的。」

他這麼說也對，好像是我太雞婆了，我也不知道怎麼會這樣，就是腦子控制不了我的腳跟我的嘴。我頓時有些尷尬，真的到底關我屁事？

我用最快的速度幫他把傷口沖洗消毒上藥。

「好了。」

「謝謝。」他說。

他的客氣，讓我也只能回以客氣的笑。然後他突然用一種奇怪的眼神看著我，「原來妳喜歡聽這種節目。」

什麼節目？

這時我才注意到我一直沒關掉的赫拉 Podcast，赫拉用熱情的聲音和女來賓討論著男人應該要幾公分才合理。我嚇得衝過去把 Podcast 關掉，我現在最後悔的就是不該幫他上藥，應該乾脆直接殺他滅口才對。

但來不及了，我只能乾笑，「我亂轉的。」

結果他給了我一個意味深長的笑容。

我沒好氣的瞪了他一眼，「最好忘了這件事，不然你會死在我手裡。」

他大笑出聲，回了我一句，「我沒那麼容易死。」

「以你這種被追殺的次數，真的很怕你短命。你自己看，今天又受傷了，而且你明明看起來是老大，怎麼老是會被打？」

他馬上糾正我，「我沒有被打。」

我就指著他的傷口，靜靜的不說話。

他白了我一眼，「這是騎車摔倒的。」

「重機？」我問。

他頓了一下，想了大約三秒後才回我，「腳踏車。」

我腦子好像停機一樣，試著理解自己到底有沒有聽錯。他彷彿聽到我的心聲，有些不甘願的說：「妳沒有聽錯。」

換我大笑三聲，「你不會騎腳踏車？」他慌張的小眼神說明了一切，我覺得太好笑了，忍不住再問一次，「你真的不會騎腳踏車？」

「我真的不想打女人。」他一臉「妳不要逼我」的神情。

我只好收起笑聲。我看過他打人，我怕痛。好奇的問：「所以你是去學騎腳踏車？」他點頭，這讓我更疑惑了，我看過他坐好車，而且哪有大哥騎腳踏車逃亡啦！

「你有需要學嗎？」

「我要教人。」

「誰啊？」我脫口問出。他突然定睛看著我，我以為他是覺得我問太多，所以不高興了。

沒想到，下一秒他卻開口反問我，「妳會騎吧？」我點點頭，他繼續問：「明天有空吧？」

「我看起來很忙嗎？」我現在就是無業遊民啊。

「那妳跟我去一個地方。」

「去哪？」

「去了妳就知道。」他說，我點點頭，也不再問。

然後，開門聲響，我和他同時往門口望去，維倩竟提著一袋食物進來。我好意外，甚至以為是我的幻覺，我不敢置信的問站在我旁邊的乙東，「有人進來對吧？」

他白了我一眼後說：「先走了。」

看著他和維倩擦身而過，我才回過神來，沒忘記對著他的背影說：「謝謝你昨晚的鹽酥雞。」但他頭也沒回，只是伸手揮了揮表示知道了。他一離開，維倩就帶著好奇的眼神，邊打量我邊走來問，「他誰啊？」

「可能是住附近的鄰居吧。」如果芷言沒說錯，我家後頭再往上走兩、三個斜坡的豪宅大屋就是什麼盟什麼道的大哥家。乙東可能就是幫他工作，這裡是他們的地盤，也是算不錯啦，包食宿滿省的。

維倩看來不滿意我的回答，不能理解的問：「什麼叫可能？」

但我也不想解釋太多，轉移話題問她，「妳不是要和同事去吃飯？怎麼來了？可以下班了？」

「怎麼可能！新人也是有業績壓力的好嗎？喏，小籠包，我沒吃完的，想說我等一下要和同事去附近找客戶就包過來了，丟了浪費。」

「謝謝妳。」我笑笑接過小籠包。

但她還是追著乙東的事，「那人看起來就不是什麼好人，眼神很恐怖就算了，他手臂上有很長一條疤耶，絕對是跟人打架留下來的。」

我覺得好笑，「妳又知道了人家不是好人了？」我也遇到好幾個看起來很善良的人，但最後都在壓榨我、欺負我。他們的善良有條件，對自己有好處的人才會善良，而且還善良透了。

「不然他看起來會削水果嗎？如果會，我還可以解釋他是削蘋果不小心劃到手臂，還不小心劃了二十公分這樣……呿，大姊，妳都幾歲了，可以不要這麼天真嗎？」

我沒好氣的看著她，「妳這語氣好像現在我歸妳管？」

她聳聳肩，一臉嫌棄的說：「拜託，我們現在各管的各的好嗎？又不是小孩子！不說了，我要去忙了。」

就這麼來匆匆去匆匆，我都得要趕緊抓個三秒空檔出問題，「妳工作還可以嗎？」

她自信的說：「沒有什麼不行的，月底考核過，我就是正職了，薪水直接翻倍。我會自己賺很多錢自己花，妳不要再匯錢給我了。」

「我只是想說妳剛開始工作，還沒那麼穩定……。」

「很煩耶，我就是不想用妳的錢！」她丟下這句轉身走人。我真的是無言以對，全世界給零用錢還被凶的是不是只有我一個？維倩上大學後也是自己打工，我想幫她付學費，她也不肯，寧願去辦助學貸款。她這點倔強跟維妮一模一樣，兩個說不是姊妹真的沒有人會信，可偏偏兩人又王不見王。

我重重一嘆，無力的坐到椅子上去，才發現自己真的餓了。打開維倩拿來的小籠包，我笑了出來，什麼吃不完打包的，明明就滿滿一盒，一看就是剛做好的。真的不懂我這些弟妹，為什麼連付出都要這麼彆扭？

我心滿意足的吃完小籠包，又回到樓上去試做餅乾，因為多試了很多口味，不知不覺又是好幾大盤，也不知不覺又已經天黑，甚至已經十點多了。我把餅乾包好，放進大提袋，這次我並不那麼擔心，反正有人會吃。

接著開始整理著資料，我把每次試做的餅乾口味，都仔細做了紀錄，對哪些口味有信心，差不多都有了打算。接下來，就是要再找時間設計 LOGO 跟拍產品照，這我也會全都自己來，畢竟曾做過中西式早餐店、各種餐廳、飲料店、工廠打工，什麼都會。雖然距離頂級的專業，還有一段路，但以目前來說，已經夠用了。

人生，不就是求個「夠用」兩字？

不論是錢，還是快樂，只要能過日子，只要知道怎麼笑，就可以了。芷言每次見我這麼無欲無求，都會說：「我真怕妳日子過著過著就去出家了。」

但我覺得出家也是人生的一個選項啊，我並沒有排斥。我常有那種「啊，如果我明天死去好像也沒關係」的感覺。就像維倩說的，他們都大了，各自有各自的人生和未來。

可我對未來不期不待，生活就像例行公事一樣。

我也可以好好活下去，努力賺著自己將來的退休金。但這也是為了以後能好好的死去，以後不拖累別人。所以再繞回來，還是會想問：活著，到底是為了什麼？如果我決定活下去，那我又到底可以為如此這如此平淡無趣的後半生做些什麼？

我其實很懷疑，會不會三、四十年後，我還是跟現在一樣沒有答案？

我也很清楚，人活著就是時不時的自我拉扯。沒有從未懷疑過自己的人，但我羨慕那些很快就可以調適過來，早就設定好目標的人。

他們比起有錢人更像是富翁。

我就這樣去開了瓶啤酒，然後看著窗外月光。想好好穩定思緒時，我聽到了砰砰兩聲，不是鞭砲，是槍聲。

我嚇了一跳，下意識的蹲下，緊捏著啤酒罐，啤酒被擠出來，灑了一地都是。聲音來源雖遠，但第一次聽到這樣的聲音，心裡還是有些震撼。過了五分鐘，待心情平復了些，我瞬間想到乙東。

我馬上把啤酒罐一丟，往樓下走，準備開門跑出去。門一打開，小弟竟站在我家門口，我突然心一驚，悲傷湧了上來，眼淚差點掉出來，「他不會死了吧？」

小弟被我狂放又直接的問話嚇到，忙搖頭，「欸欸欸，不要亂說啦！」

「不然你怎麼會在這裡？我以為你是來通知我……」

「乙東哥叫我站在這裡啊，他怕妳會亂跑，叫我攔妳啦！」

我吞吞口水，「所以他沒事？」

「沒事好不好，清理門戶而已，這裡我們地盤耶！」他一臉驕傲。

「是嗎？那他先前為什麼還在自己地盤被打？上次你不是還被人家追？」那應該都不是我在作夢吧？

換他吞吞口水說：「那是調虎、調虎離山的計啦，反正我們的事，妳一個女人不會懂啦。快點進去啦，我還有很多事要處理，妳不要跑出來喔，被乙東哥知道妳跑出來，我會被罵啦。」

「所以如果我想看你被罵，我現在就可以出去？」我的腳才剛往前跨，他就嚇得忙張開雙手，大字型攔我，連台語都直接飆出來，「幹，妳賣鬧喔！」

我覺得小弟很可愛，忍不住笑了出來，「開玩笑的啦。」

「很難笑。」他氣得瞪我一眼，然後一臉不解的看著我，「奇怪了，妳看我們這樣妳都不會怕喔？」

「你們會害我嗎？」

「當然不會啊，我們又不是吃飽太閒欺負女人。」

「那不就好了？」

他突然覺得自己好像問了一個很笨的問題，搔搔自己頭髮，「好啦，我要回去了。」說完走人，走沒兩步又轉身回來，對我揮著手示意要我快進去。

我點點頭，對他喊了一聲，「晚安！」

小弟嚇了一跳，滿臉莫名其妙，快速騎著摩托車離開。

我也很莫名其妙，他要離開了，我對他道聲晚安有什麼不對嗎？我沒辦法多想，放鬆後倦意瞬間襲來，我回到樓上，把灑了一地的酒漬擦掉，好好的洗了個澡。入睡前，再確認一次訊息，維妮依舊未讀，我打算明天直接打去她公司找人。

就算她不開心，要發脾氣，我都接受。

結果，沒想到我這一睡，直接睡到被門鈴吵醒。我以為是我買的一些烘焙用品宅配到貨，下床直接就往樓下去，一開門，就看到乙東站在門口，我頓時腦筋一片空白。

過五秒才想起，「對喔，你有說今天要去一個地方。」

「我可以等妳。」

我瞬間回神喊，「馬上好！」，接著轉身上樓。

我用比平常更快的速度刷牙洗臉，照了鏡子，才發現自己頭髮亂得跟瘋婆子一樣。去換衣服時，才看到身上睡衣是洗到泛白的黑色贈品T恤，最可怕的是，我覺得這樣很合理，只是希望乙東不要被我的樣子嚇到而已。

像我這樣都快四十歲了還單身，真的很合理。

我換好衣服背上包包，拿著餅乾下樓時，看見一樓多出了好幾個包裹，連我前陣子訂的組裝桌椅子跟櫃子都來了。

他指著地上堆滿的紙箱，「都幫妳簽收了，但這麼多，妳自己有辦法組裝嗎？看起來都很重。」

我笑了笑，「除了生孩子，其他都可以自己來。」

他愣了一下，我才發現，當兄弟的幽默感是不是都需要加強？我把手上的餅乾給他，好轉移話題，「我昨晚有多做一些，你要不要先拿回去？滿多的。」

他接過餅乾後說：「不用，剛好要去。」

我不懂他口中的「剛好」是什麼意思，就跟著他轉身出門，然後坐上他的車。之前遇到他，他都是走路，看到他會開車，我有些意外。他看了我一眼後強調，「我只是不會騎腳踏車，但我會開車。」

我頓時有一種被看穿的感覺，乾笑兩聲，「我又沒說什麼。」

路上，我們沒什麼交談，只突然想到，我怎麼會就這麼上他的車？而他也甚至不知道我的名字，我們卻好像認識很久一樣。

「妳需要先買早餐嗎？」他突然問。

「不用了。」

他點點頭，「反正那裡有東西可以吃。」所以到底要去哪裡？愈說我愈覺得很奇妙，但我也沒有問，總覺得不會是不好的地方。

半小時後，我們來到市郊的一所育幼院前。我內心充滿疑惑，他對我說：「到了。」接著把車停好下車。

我雖然滿肚子不解，還是跟著他下車。他把我做的餅乾拿下來，帶著我走進育幼院。依我看電視劇這麼多年的經驗來看，他應該是在這裡長大的，後來被什麼盟的招進去當小弟。

我們一進去，就有小孩跑過來跟他打招呼。不遠處一名正陪孩子們玩，看起來十分慈祥的老太太看見我們來，也起身帶著笑容朝我們走來，熱情的拉著乙東，拍拍他的手說：「怎麼又來了，不忙啊？」

「有空就來。」他說。

老太太好奇的看向我，「這位是？」

我才剛要開口，他就先替我回答了，「沈維芯，餅乾都她做的。」他把手上的餅乾遞給老太太。我真的越來越混亂，他怎麼知道我的名字？然後又關餅乾什麼事？

老太太感激的看著我，「謝謝妳啊！孩子們都很喜歡吃。」

騎虎難下，我現在只能回答，「不客氣。」

老太太對乙東說，「你帶維芯去晃晃走走，午餐時間快到了，阿珍今天去市區，我得進去幫忙廚房。說好了，要留下來吃飯喔！」乙東點點頭，老太太開心的拉拉我的手，「維芯，再等一下，馬上就能吃飯了。」

「好！」不曉得老太太知不知道她的手跟她的聲音一樣溫暖，不管她說什麼，都會讓人很容易被說服。

老太太離開後，我抬頭就問乙東，「你怎麼知道我的名字？」

他理所當然的說：「我幫妳簽收了七個包裹。」

OK，非常合理。

但我有一種好像虧到的感覺，忍不住回他，「我也知道你的名字，你叫乙東。」

「陳乙東。」他補了全名。

頓時，我愣住了，突然不知道怎麼接下去。我只好伸出手，他也一臉莫名其妙的把手伸出來。我們握了握手，然後我說了一句，「很高興認識你。」

他笑出聲，接著說：「難怪阿才說妳很奇怪。」

「阿才？」我腦子繞了一圈，馬上再問，「你的那個小弟？」

「是兄弟。」

我忍不住抱怨，「跟他說晚安錯了嗎？」

他只是笑了笑沒說什麼，帶著我往前走，「等一下要拜託妳幫忙。」

「幫什麼？」我好奇的問。

我們走到某個廣場前，他指指不遠處有個正在學騎腳踏車的小男孩。小男孩踩了兩步，又跌了下來。我終於知道他要我幹嘛，「要我教他騎車嗎？」

他給了我一個微笑，點點頭，「妳有辦法嗎？」

「有。」我可是有三個弟妹的人。

我直接走向小男孩，跟他打招呼，「嗨。」

小男孩不理我，站在後頭的乙東似乎知道我會遇上什麼樣的困境，大聲的朝我喊，「他叫小柚。」

我低頭喊著，「嗨，小柚。」

他只是斜睨了我一眼，又繼續去騎車，當然還是繼續跌倒。我走過去，也沒有打算扶他，只是跟他說：「我很會騎腳踏車喔，需不需要教你？」

「不要！」他撇過頭去，牽起車子，繼續跨上車，再繼續跌倒。

只要他一跌倒，我就會走過去，笑笑的問他，「需不需要幫忙？」當然他就是不爽理我。這種倔到不行的個性，就跟維妮一樣，你不能主動伸手去幫他，而是要一直問，問到他心甘情願接受你的幫忙。

小柚跌到手肘都磨出血了，還是咬牙把車子牽起來。我微笑的對他說：「你真的好勇敢，連流血了都不哭。可是你一直跌倒，就是方法錯了，我可以教你一些訣竅，可是學不學得會就要看你自己了，要嗎？」

他遲疑的看了我一眼，過了很久才點點頭。

「因為等一下學會，你就會想要一直騎車，在學會之前，我們先給你手上的傷口擦藥好嗎？」他愣一下，這次沒有等很久，他就答應了。

於是我讓乙東先把醫藥箱拿來，邊幫小柚擦藥的時候，我忍不住說了一句，「我真的是四處在幫忙上藥，我要不要乾脆去考護理師？」

乙東冷冷的丟了一句，「妳是在唸我的意思？」

我給了他一個「沒錯，就是在說你」的表情。

他頓時也找不出話來反駁我，我拉起擦好藥的小柚，然後帶著他去騎車，套用我爸教我的口訣「手穩、腳踩，眼看前方不要急」，再加上伸手在後頭輔助他。小柚試到第三次後，沒有發現我放手，就騎了好遠好遠。直到回頭要找我時，發現我不在，才一個重心不穩跌了下來，但好在我已經教他怎麼安全的讓自己順勢跌下來，所以沒什麼受傷。

我和乙東跑過去，他大聲歡呼，「我會騎了！我終於會騎了！」小柚開心得不得了，這次試著自己騎，雖然幾次都好像要摔倒了，但很快的又穩住，越騎越有信心。

看他笑著騎車，我覺得自己好像幹了什麼大事一樣，好想上台，拿著獎狀，用手揙著眼眶對著台下說：謝謝大家、謝謝大家。

正當我沉浸在感動中，乙東靠了過來，不經意說了一句，「謝謝。」

我回神，抬頭看去，見他也一臉滿足的看著會騎車的小柚。我好奇問他，「你想學腳踏車，是因為你想學會之後教小柚嗎？」

「可是我沒天分。」

「手穩、腳踩，眼看前方不要急。多練幾次，你一定就會了。」我很有自信。

他笑笑點頭說：「我會不會無所謂，反正小柚學會了。」他說完，轉過頭去喊著還在騎車的小柚，「小柚，吃飯了，不吃就不能騎車！」

小柚一聽，急急忙忙騎過來。他滿意的點點頭，在我還沒有回過神時，就拉著我往餐廳去。

一進去，就聽到孩子們大喊，「阿東哥。」聲音震耳欲聾，我以為裡頭可能有上千個孩子，沒想到我定睛一看，小孩加起來不到二十個，最大的看起來不過小學六年級。

老太太過來招呼我，「維芯，不好意思，孩子們都先吃了，我們一向吃得很簡單，希望妳不要介意。」

「我什麼都吃，而且，還不知道怎麼稱呼您。」

「那妳就喊我雲姨吧，孩子們都叫我雲媽媽。」

我點點頭。這次換小柚把我拉過去坐他旁邊，幫我夾了滿滿一碗炒麵。我以為他想跟我一起吃，沒想到他跑過去雲姨旁邊坐，我旁邊換成了乙東。我們安安靜靜的吃著麵，小朋友們也陸陸續續吃完，每個要離開的孩子都會過來打招呼，「阿東哥、維芯姊姊，慢慢吃。」

然後每個都很有規矩，自己的碗自己收。看他們的笑容和舉動，就會知道他們是真心喜歡這裡，這裡是他們的家。

「他們都好乖。」我說。

「沒什麼乖不乖的，就是認分。」

「說得好像過來人經驗。」

「妳那麼聰明，不也是早猜到了嗎？」

我笑了笑，對他說了一句，「辛苦了。」

他愣了一下，好像從來沒有聽過這句話一樣。我怕他覺得我在同情他，所以我也大約跟他說了我經歷過的。

他很認真聽著，我笑笑說：「我每天都覺得很辛苦，每天都很不想再過這樣的生活。但當我回家看到我弟幫我留的麵包、我妹整理好的客廳房間，我就只能跟自己說一聲，辛苦了，然後隔天繼續甘願辛苦。所以，你也辛苦了。」

這次，他給了我一個微笑。

「你知道嗎？當初我爸過世，我小妹她媽媽消失，我家那些親戚說他們沒辦法多照顧小孩，而我有自己的人生，怕我以後會後悔，要我把小妹送到育幼院時，我還真的想過。就五秒吧，但只要想到這五秒，我都覺得很對不起維倩。」

「妳才辛苦了。」他對我說了這一句。聽起來是要很感動的，卻因為太不自然，我忍不住笑出來。他還強調一次，「我是說真的。」

頓時，我看著他，他也看著我。

我這才發現他臉上的那些瘀青退去，傷疤淡去，其實看起來滿清秀的，只是可能常在外面跑，不管是跑給人家追，還是追著人家跑，就自然而然曬得比較黑。

他被我光明正大的注視著，反倒有些害羞，低下頭去，快速的吃著麵。我看著我的碗，再看著他的碗，突然發現有些奇怪，「奇怪，你的炒麵怎麼都沒有蔥？」

他抬頭看我，很本能的回答，「我不吃蔥。」

我傻住，「但你那天有吃蔥油餅啊。」

他先頓了一下，接著很快的說：「因為妳都特地弄熱了。」然後吃掉碗裡的最後一口，起身去洗碗。他是不是以為說很快，我就沒有聽到？那他錯了，我真的聽得清清楚楚，瞬間覺得很抱歉，但也很感動。

「愣在那幹嘛，吃完自己洗碗，我先去陪他們畫畫。」他看了我一眼，像是落荒而逃一樣，一溜煙人就不見了。

我真的是帶著笑意，把那碗麵給吃完。

當然也是乖乖的把碗洗好。由於我是最後吃完的那一位，就把桌子擦過一次，再把地板掃過一次，都整理好之後，才踏出小餐廳。雖然乙東說他去陪孩子們畫畫，但我根本不知道他們會在哪裡畫畫，所以只能瞎找。

即便這院區說大不算大，但隔間多，一間一間找也是很花時間，就在我隨意打開一間房間探進去時，發現竟是間小圖書室，而雲姨就在裡頭整理資料。我們兩人對上眼，我點頭微笑，不想打擾她，打算離開的時候，雲姨對我招招手。

我只能硬著頭皮進去煩她。

雲姨很溫柔的問我，「有沒有吃飽？」

「有，很好吃。」

「乙東是第一次帶人來這裡。」

雲姨這麼說，我反倒不知道該怎麼回答，只能說：「是我的榮幸。」

雲姨笑笑回我，「是那小子的榮幸。」接著從一旁拿出一本超老舊的相簿，一翻開，就掉了好幾頁下來。我趕緊幫雲姨撿起，雲姨指著我手上的照片說：「第一張就是乙東小時候。」

我一聽，好奇的看起來。跟小柚差不多年紀，也是臭著一張臉。雲姨笑笑，「是不是跟小柚很像？」

「有一點。」

「我覺得他們很像，連脾氣都像，可硬的了。」

「所以他特別照顧小柚？」

「也不能這麼說，只要是這裡的孩子，他都很照顧。」

「我想也是。」

我把照片還給雲姨，突然看到照片後面寫著「陳海祺」三個字。我愣了一下，雲姨察覺我的視線，順道解釋著，「乙東以前就叫海祺，離開這裡後就改名字了，可能想重新開始吧，畢竟會來這裡，都是苦命的孩子。」

但我並不覺得，他眼神裡對這裡的依賴不是假的。想重新開始的人，根本連這裡都不會再踏進一步。

可我也不想去細究他為什麼要改名，對我來說，不管他是陳乙東還是陳海祺，都是他。

「他有這麼多家人，怎麼會苦命？」

雲姨笑著說：「是嗎？那孩子心事藏得可深了，老是在工地跌得鼻青臉腫的，讓他換個工作就是不肯，說什麼在工地上班賺得可比一般人多了。」

Oh my god！我是不是又不小心知道另一個祕密了？

此時，門被打開，乙東有些驚慌的跑來，「妳怎麼在這裡？」

「因為我找不到你。」我說。然後見他一下看看雲姨，一下看看我，我很快就知道他在擔心什麼，很快的對他說，「幹嘛用跑的？在工地跌不夠啊？」

他頓時一凜，眼神閃過被抓包的恐慌，我忍不住笑出聲。

雲姨一臉好奇的看著我們，乙東尷尬的扯著謊，「雲姨，時間差不多了，我們要走了。」

「這麼快啊，我都還沒跟你說到什麼話呢，就連和維芯也才剛聊一下而已。」

我上前拍拍雲姨，「放心，我有空會常來的，下次做好餅乾，再請孩子們幫我試吃。我已經知道這裡怎麼來了，以後我也可以自己來。」

雲姨感動的拉拉我的手，「那一言為定喔。」

「要打勾勾嗎？」我伸出手。雲姨笑了笑，和我做了約定。我轉過頭去，看著乙東情緒複雜的表情，我馬上伸手拍拍他，「不要擔心，我不會和雲姨說你壞話的。」

他沒好氣的瞪著我，「我沒有那個意思。」我當然知道，你就是心裡很感動，又不知道怎麼表達，才會出現這種像便秘的表情啊！

我們和雲姨道了再見後，再去跟孩子們打個招呼，便離開了。我坐在車上，看著車窗外的風景，忍不住說：「以後住郊外養老也不錯，空氣清新又安靜，就連肥料味聞起來都特別自然……」

說到忘我，轉頭看到乙東，我整個人清醒過來，尷尬笑笑，「好像聊得太遠了。」

他只是看著我，然後說：「妳沒有想問我的？」

「有啊。」

「妳說。」

「我不知道你幾歲，你覺得我要叫你陳乙東，還是乙東，還是乙東哥？」

「妳應該是要叫我乙東哥。」

「是嗎？我三十八歲了耶。」

他一聽，方向盤好像拿不穩一樣，拽了一下，連帶整台車也晃了好大一下。我揉著被安全帶扯到的鎖骨痛處，沒好氣的唸他，「三十八怎麼了嗎？有需要這麼驚訝？」

「我以為妳頂多三十。」

「謝謝喔！但我這裡還是很痛。」

「對不起。」他馬上道歉，補了一句，「我三十三。」

「好的，乙東。」我說。什麼乙東哥，作夢！

他笑了笑，停了一下又繼續問：「真的沒有想問的了？」

「沒有。」我認真回答他，「不管你是什麼工作，也不管你是怎麼跟雲姨說的，對我來說都不重要，你就是你。你願意跟我分享，我會很樂意聽，但你不願意說，也不會影響我們是朋友這件事。」

我以為我說得這麼感動，他應該要哭才對。但他沒有，只是不停的轉頭過來看我，沒有哭，可是什麼也沒有說，只是咬著嘴角，一臉要笑不笑的樣子。

我只好補充，「但前提是，你不可以作奸犯科殺人放火賣毒品。」

他笑了出來，很嚴肅的說：「我沒有。」

我滿意的點點頭，接著摸摸他的頭說：「很乖。」

他狠狠瞪了我一眼。

可能他的仇家會怕啦，但我真的一點驚慌的感覺都沒有。

第四章

「你笑很久了。」我說。真的不知道陳乙東在開心什麼，從剛剛結束對話，他就獨自暗爽。

「有嗎？」他甚至這樣回我。

真的以為我眼睛瞎了？他眼睛一直笑得彎彎的，自己不知道？見他不打算跟我分享快樂的意思，我也不打擾他暗爽。伸手想把冷氣口調整一下位置，看到儀表板上顯示的時間，已經下午五點多了。我嚇了一跳，不自覺的「啊」了一聲，換乙東嚇了一跳，眼神驚恐的看我，「妳幹嘛？」

我連回答他的時間都沒有，馬上拿出手機，上網查維妮公司的電話，迅速撥了出去。幸好很快就有人接起，如果我再晚個一小時，可能就沒人接了。

「請問沈維妮小姐在嗎？」我說。

對方愣了一下後回我，「副理已經離職囉。」

「嗯？」我以為我聽錯，但對方很快又說了一次，「沈副理上星期就離職了。」

「為什麼？」我就這麼沒頭沒腦的問一個櫃台人員這種事，問完，我自己都感到羞恥的馬上回她，「抱歉，那她都沒進公司了？」又一個廢話問題。

但櫃台人員很客氣的說：「從這星期就都沒看到她了。」

我很想再問什麼，但腦子一片空白。算算時間，她開始不讀不回和她開始沒進公司的時間一致。她從大學畢業就進那間公司，都做了十年呢，怎麼會突然離職？職業倦怠？還是出了什麼事？

人真的不能慌，一慌，腦子想的就全是壞事。

我掛掉電話後，馬上要乙東停車。他愣住，「怎麼了嗎？」

「我得去我妹那邊一趟。」

「在哪？我送妳去不就好了？」

「我怕你要忙。」

「先忙妳的事，給我地址。」

我很快給他報了路，他看得出我很急，所以在不違反交通規則的前提下，用最快的速度送我到維妮家。我丟了一句謝謝，就衝進大樓。但整整十年，我來維妮家的次數，遠不及維遠回台灣這段時間來的多，保全一臉「妳哪位」的神色，看著我說：「抱歉，妳只能按電鈴，如果住戶在就會幫妳開門。」

可我電鈴都要按爛了，仍是沒有回應。

「那你能幫我上去看一下嗎？」

「不好意思，我在執勤。」

「那你最近有看到沈維妮出入嗎？」

「我們是輪早晚班，而且住戶那麼多，我沒辦法記住。」

「那你方便幫我問問晚班的人嗎？」

「不方便。」他不耐煩的說。

我呆站在門口，頓時不懂，想要見上自己妹妹一面怎麼可以難成這樣？

我邊撥電話邊離開大樓，電話響了好久，維遠才接起來，聲音聽起來就是很忙的樣子。

他快速的問著，「怎麼了？」

「維妮離職了。」

「然後呢？」他說。

「我擔心維妮出事啊。」

他重重嘆了口氣，「妳不要想太多，維妮又不是小孩子了，搞不好只是單純的職業倦怠，想換個跑道。妳這麼緊張，會讓她壓力很大。」

聽到這樣的話，再加上維妮連日來的不讀不回，讓我直接爆炸。

「到底是什麼壓力？關心你們到底還有沒有活著，這樣也有錯嗎？我怎麼會不知道她不是小孩子，你也不是，維倩也不是。所以你們都長大了，我就不用關心了嗎？平常沒什麼聯絡，我可以安慰自己大家都忙。每次打電話給你們、傳訊息給你們，我一句話都要看個三次才敢傳出去，就怕你們誰不愛聽！我就是不能理解，為什麼要看你們臉色才能跟你們聯絡？好，如果太愛你們是錯的，那我道歉，不好意思，有我這種姊姊，讓你們壓力太大了，我道歉，我以後不會再煩你們了。」

我說完直接掛電話，然後很沒用的掉下眼淚。我真的沒有想要凶維遠，但是我一開口就完全停不下來，明明不想對別人情緒勒索，但我好像一直在這麼做，我很討厭這樣的自己。

我抹去眼淚，想往前走時，就看到乙東不知道什麼時候居然又出現了。我趕緊收拾情緒，裝沒事的說：「你怎麼在這裡？」

「我沒走，剛才一直站在這邊。」

所以他看到我哭了？也聽到我跟維遠吵架的事了？我瞪大眼睛看著他，他點了點頭，表示我腦海裡剛猜測的事，他都知道了。

我真的很懊惱，他安慰我，「沒關係，就我一個人站在這裡，應該只有我聽到。」

謝謝喔，我更想去撞牆了。

「上車吧。」他對我說完，便走回車上。我現在其實很想獨處，想縮回去我的殼裡。但他一副在等我上車的表情，我也只能坐上他的車，然後一路看著車窗外。

他突然說了一句，「妳現在是不是覺得姊姊當得很失敗？」

我真的是被嚇到猛然回頭，差點脖子沒有扭傷。我震驚的看著他，但他沒有看我，只是握著方向盤，看著前方，好像他剛剛什麼話都沒有說一樣。不過他說的沒錯，我是這麼覺得。

我好失敗。

「神經。」他回了我這兩個字，又說了一句，「難怪會這樣。」

「怎樣？」

「妳弟妹不甩妳也是正常的，妳把他們寵壞了。」

「我哪有什麼本事寵他們？」他們誰沒有餓過肚子？還得跟我一整個星期吃餅乾過日子，就因為錢不夠用。

「不是花錢在他們身上才叫寵，感情上的予取予求也是寵，妳就是太把他們當一回事才會這樣。」

「所以你意思是從今以後我就不要管他們？」

「反正妳一定做不到，所以我也不想說。」

「激將法？」我冷冷問。

「我吃飽太閒？」他說完，沒好氣的看了我一眼，繼續說：「我也沒有要說風涼話，每個人都自己的人生，他就該對自己負責。如果真的怎樣，那也是他們的命啊。」

「說得很輕鬆，那是因為你沒有……」

「對，我沒有家人。」他在我衝動說出那種話之前，先講了出來。

我沒有接話，我在檢討我自己，非常抱歉，怎麼可以有那樣的想法？沒想到他卻笑得一派輕鬆，看著我說：「不要那個臉，我又沒有怎樣，妳說的是事實。妳只要把妳自己放在前面，就不會這樣了。人早晚都會懂事的，他們也一樣。」

最後，他再補了一句，「感情，只有互相的時候，才有價值啦。」

我愣住了，看著他的笑容，真心覺得他不可能說出這種話。我忍不住問他，「你這話去哪學的？」

他指指我座位前的置物箱，我好奇打開一看，裡頭居然有赫拉的新書。我整個傻眼，「你居然看這個？」

「妳自己不也在聽。」

「不是，你一個大男人有在信這個？」

「歧視？」他不滿的看著我，「我想說妳會聽的，應該不會太差啊。我翻了幾頁，有幾句寫得還可以啊，還是妳覺得像我這種人不能看這種書？」

「誰跟你在那邊這種人那種人，都是人好嗎？我只是覺得很突然，都不能驚訝一下是不是？政府有規定喔？還是要收錢？要公投？要連署？」他今天怎麼讓人如此的火大。

我在那邊氣到不行的時候，他又笑笑說：「有力氣了？」

「什麼意思？」

「我肚子餓了，我們去吃飯。」他說完就踩下油門，我沒有說不的權利。但我老實說，我也不想說不。因為此時此刻，如果我自己一個人在家，我的求生意志會變得非常薄弱，我會覺得大概就是自己太失敗，才造成自己如此的孤單。

陳乙東的陪伴，拉住了某部分沉下去的我。

雖然我不懂為什麼大熱天的要帶我去吃羊肉爐，是不是很想看我流鼻血？

「以熱制熱。」他邊啃著羊腿，邊跟我說夏天吃羊肉爐有多好、有多好。我本來因為店裡沒冷氣，熱到快點窒息，一點胃口都沒有。但看他吃成那樣，好像我不吃，下一秒肯定會抱憾終身一樣，我只好勉強的吃了一塊。

然後一塊一塊再一塊。

我吃得滿身大汗，頻頻拿衛生紙擦臉，但還是想吃。我忍不住稱讚，「這真的是我這輩子吃過最好吃的羊肉爐。」

「妳這輩子還很長，話說那麼滿。」

我笑了笑。他挾了好多菜放到我碗裡，我努力的繼續吃，我們幾乎沒有對話，只說著，「幫我拿衛生紙。」「要不要再一盤肉？」「我去請老闆加湯。」「我再去拿一盤高麗菜。」

就這樣，一個半小時後，我覺得再吃下去會吐，我們才停止這一切。然後他去結帳，我跟他說：「一人一半。」

「感情才不會散。」他以為在成語接龍，自己在那邊笑呵呵，但還是死都不收我的錢。

「下次換我請客。」我說。

「可以。」

我們一起走出店外時，他突然靠向我，很近很近的那種。我嚇了一跳，有些驚慌失措，我想起上次靠我的臉這麼近的人是耳鼻喉科醫生。

我退了一步，裝鎮定的說：「你幹嘛？」

他直接伸手過來摸我的臉。我真的頓時心跳加速，才剛要閃開，他就拿了一片東西在我眼前晃，笑著說，「妳是怎麼擦臉的？都是衛生紙屑屑。」

心跳瞬間恢復正常，趕緊稍微整理一下，有些不爽的往車子走去。我要聲明，我不爽的不是他，是我自己。

真的是很沒見過世面，有夠丟臉。

接著，他開車送我回家，我們也沒說什麼話。到我家時，我準備下車，他才問我，「有吃飽嗎？」

「飽到都要吐了好嗎？」我說。

他滿意點頭，「這樣妳晚上就會很好睡了。晚安，快點進去。」

我也對他說了聲晚安，下車、進門、鎖門，然後上樓。也不知道是不是真的吃得太飽，我原本想說坐在沙發上休息一下，消化消化好準備洗澡睡覺，沒想到直接在沙發上睡著，一覺睡到隔天中午，我才驚醒。

我從來沒有睡這麼久過。我還青春的時候，每天頂多睡五個小時，其他時間都在上班跟打工。到了可以不用那麼早起床的時候，也睡不了太久，我的身體很習慣只睡那一點時間，所以我總是羨慕那種說自己可以一天睡十六個小時的人。很有福氣。

我差一點也成為自己羨慕的人。我起身穩穩思緒拉拉筋之後，便好好洗了個澡，一直到我準備要從包包裡拿出手機，才想起維妮消失，我和維遠也吵了個架，現實頓時朝我襲來，我的心情瞬間低落。

我深吸一口氣，滑開快沒電的手機才發現……好的，根本沒有人找我喔。

我就是自作多情第一名。

我突然有點不爽，陳乙東那句，「感情，只有互相的時候，才有價值啦。」在我腦海裡閃過，我頓時為自己感到有點不值。

不是說我後悔對弟妹好，而是我後悔讓自己承擔所有的情緒。我瞬間有一種，「好啊！都不讀不回都不聯絡是不是？來！互相傷害啊！」這樣的念頭，於是我拿起手機，用我畢生最快的打字速度，傳訊息給維妮。

「妳在幹嘛？」「快點回我訊息！」「為什麼辭職？」「為什麼我每次傳給妳的訊息，妳就是這樣愛回不回？」「妳是哪裡對我不滿？」「要不要一次講清楚？」「如果妳希望我這輩子都不要煩妳，可以！妳告訴我，那我絕對不會再跟妳聯絡。」「妳自己把日子過好就行！」「再給妳十分鐘！」「五分鐘！」「一分鐘！」「好，妳沒機會了。」

我直接拿了包包出門。

維妮很少介紹朋友給我認識，所以她的交友圈對我來說，比現在最受歡迎的《鬼滅之刃》還要陌生。但沒關係，她在公司那麼多年，總會有交情比較深的同事吧？總是會有知道她狀況的人吧？我就不信什麼都問不到。

於是，四十分鐘後，我站在她們公司櫃台前，「我是昨天打電話找維妮的人，我是她姊姊。」

櫃台小姐兩人對看一眼，眼神交流著，明顯有事，而且似乎不是什麼好事。我淡淡的繼續說：「我知道維妮離職了，請問她在公司有比較要好的同事嗎？」

短髮櫃台小姐馬上搖頭，「我不清楚耶，我剛來公司一個月而已。」她說完，我看向長髮櫃台小姐，她立刻又說：「我都在櫃台，裡面的事我真的不知道。」

接著不管我怎麼問，她們就是不願意幫忙。但愈是這樣，就愈奇怪。我總覺得她們都在搪塞我，還直接下逐客令，「沈小姐，抱歉，我們能幫的有限，還得忙別的事。」

我看著她們身後那道需要感應卡才能過的門，總覺得後面有答案，只是沒有人要告訴我而已。我也不想讓她們為難，只好先離開，想去洗手間洗把臉，整理一下這混亂的思緒，為什麼櫃台人員連講到維妮名字都一副很心虛的樣子，這真的是太奇怪了。突然有聲音從外面傳了進來，我聽見其中一個人提到維妮的名字，我覺得機會來了。

我迅速躲進廁所，留下一點點縫隙偷看，就看到長髮櫃台小姐跟一個看起來有資歷的員工走進洗手間，邊抽菸邊聊八卦。

長髮櫃台小姐先說：「煩死了，我覺得她姊應該會再來。」

「不要理她就好了。」

「怎麼不理她啦，我們第一線耶。」

「不然妳就直接跟她說啊！」

「說什麼？說沈副理跟老闆不倫，結果搞到自己沒工作，這輩子都不可能出現在公司裡了，所以妳不要再來了這樣？」

頓時，我好像耳鳴一樣，這兩個人到底在說什麼？

「反正是事實啊，鬧這麼大，沈維妮這輩子不用在廣告業混了。說真的，她也是滿倒楣的啦，有本事偷吃，就要有本事不被發現。我們公司業務量還不都靠她，結果偷情被正宮發現，還鬧到人盡皆知。」

長髮櫃台小姐又補了一句，「老闆娘也是很瘋，這種事沒有私下處理，居然在我們大家開業務大會，還請了一堆貴賓來的時候爆出來，我要是沈維妮，真的會去死一死。」

我整個頭皮發麻，不知道自己聽了什麼。等到她們往外走的時候，我才驚醒過來，快步跟了出去。我躲在那個資深員工的後頭，趁著剛好有宅配人員送東西來，擋住了櫃台人員的視線，在資深員工刷感應卡的同時，我直接衝了進去。

我一不小心撞倒了某個男員工，頓時，全世界都在看我，但我也不在乎。男員工不爽的起身問我，「妳是誰，妳要幹嘛？」

「我是維妮的姊姊，你們老闆在哪？」頓時一片安靜無聲。如果不是白天，這陰森感絕對可以拿去拍鬼片。眾人馬上低頭忙自己事，把我當空氣人，就連那個男員工也迅速逃離，好像我有病一樣。

但很快的，保全出現了，要把我拉出去。但我怎麼肯？我們在拉扯之際，一道男人聲音在我身後響起，「好了。」

我轉過頭去，一名看起來斯文成熟的男子在我眼前。不用猜，他就維妮的老闆。他對我說：「方便去我辦公室嗎？」

我沒說話，只是看著他。他轉身帶路，把我帶進他的辦公室。門一關上，我直接給他一巴掌，我知道透過那面大落地窗，全公司的人都看到了。我不是那種自己家弟妹永遠沒錯的姊姊，維妮那裡，她一樣會得到我一個巴掌。

我對他們說過幾千萬次，「做什麼都行，就是不能傷害別人。」

我爸不就是為了不傷害別人，才搞到自己生意失敗？即便是這樣，他這輩子都是抬頭挺胸的走，「錢沒了可以再賺，但原則沒了，你這輩子就什麼都不是。」他是這樣教我們的。

結果，維妮居然去當小三？

那男人被我那巴掌打到愣住了。我應該氣急敗壞的大罵他髒話，但我已經氣過頭，反倒冷靜下來，語調平靜的對他說：「你憑什麼坐在這裡？憑什麼好像什麼事都沒有發生一樣的過日子？」

一個巴掌拍不響，但偏偏這社會對渣男的容忍度高，小三就應該全家去死。我沒說維妮做對了，我只是不懂，一樣是做錯事的人，為什麼男人這麼容易被原諒？他們不該是要受一樣的苦嗎？

就算維妮要下地獄，這個人也該一起去。

我瞪著他，他深吸口氣後對我說：「對不起。」

「不需要，你沒有對不起我，我只想知道維妮在哪。」

他有些錯愕，接著表情帶著愧疚的說，「我不知道，我們已經很多天沒聯絡了。」

怎麼辦？我真的很想再呼他一巴掌，怎麼可以這麼無情？但又覺得他做的也沒錯，他本來就不該再跟維妮聯絡。

好了，我找到維妮消失的答案了，可是我找不到她。

我對眼前這個人也沒有什麼好說的，我轉身直接走人，穿越所有人注視我的視線。我知道他們正在對我指指點點，但我也不在乎。

芷言和夢舒都說我是世界上最和氣的人。我不喜歡吵架，應該是說，我害怕吵架，我很怕「失控」這兩個字。所以不管發生什麼事，第一步我都會選擇先忍下來，這是我的習慣。

一直來以，連我自己都不太喜歡的習慣。

但昨天和維遠吵完之後，發覺「不忍了」這三個字，好像執行起來也沒有太困難。我剛才大概也是用著這三個字，直接去面對維妮的前男友。

當我離開維妮的前公司，坐上計程車時，打過那男人的手似乎還有些痲痲的，但我真的沒有後悔。

我到家下車，正要進門，乙東喊住了我。我回過頭看去，他又一身黑西裝，感覺不知道剛去忙了什麼的樣子。

他走向我問：「妳去哪？」

下一秒，我馬上回他，「沒去哪。」

他聽了我的回答，就只是靜靜看著我，像是要把我看穿一樣。我被看得有些心虛，忍不住瞪他，「幹嘛啦！」

「我就靜靜的看著妳說謊。」

我迴避他的眼神，然後拿出鑰匙，轉身去開我家的門。他沒跟進來，就站在我家門口，我知道他在等我說實話，只是他不願意直接走進來這個門，他在等我自己開口。

我深吸口氣後，對著門外的他喊，「不進來嗎？」

我那個「嗎」字都還沒有說完，他已經直接進門，而他一進來，也沒有繼續追問，只是看著那天幫我收的一堆包裹，開口問我，「妳這些打算什麼時候組裝？」

「等我有空。」

我才說完，他就脫掉西裝外套，捲起袖子，動手幫我開箱組裝。我有些不好意思，「我再自己裝就好了。」

「反正我現在有空。」他說。

「但你不是工人。」我說，他突然笑了笑，故意說：「所以朋友不能做這些？」

「我不是那個意思，你很煩。」我就是不好意思麻煩朋友啊，工人送貨組裝，我還可以付他費用，那是交易，是商業行為啊！

「我想喝水。」他說。我知道他在給我台階下，我只好順著他的話走下來，去幫他倒水，然後跟著他一起組裝。

我忍不住好奇問他，「你穿西裝是去哪？」

「殯儀館。」他邊忙邊回答我。

「發生什麼事了嗎？」

「就有人過世，去上個香，妳知道住殯儀館附近的好處就是這點很方便，我們工作就……比較高風險。」他說得雲淡風輕。

「那你沒有想要換工作嗎？」

他看了我一眼，很堅定的回答我，「目前沒有。」

「那你自己多注意安全。」他聽了，放聲大笑，我真是不懂他的笑點到底長在哪裡。

他笑完回答我，「好。」

我們繼續組裝，很快就把兩個櫃子裝好，接下來裝的是桌椅。我開始說著我剛剛發生的事，他沒什麼反應，就是邊聽邊工作著，接著突然抬頭問我，「妳有妳妹的身分證字號嗎？」

「幹嘛？」

「我可以幫妳找看看。」

「你們這麼厲害？」

他笑了笑，「我們這行要認識的人很多，阿 sir 我也是有幾個熟的人，請他們幫忙找個人又不難。」

「既然這樣，你昨天為什麼不早點說？」

「昨天都不知道什麼情況，搞不好妳妹只是手機壞了還是怎樣，但今天情形不一樣了，妳妹是真的滿讓人擔心的……」

聽到他這麼說，我頓時心裡的那種煩躁和緊張似乎都消失了。有人理解我的感覺，真的讓我很想哭。

但我還來不及感動，就聽到瘋狂急促的門鈴聲。我起身去開門，突然一隻手「啪」的一聲，沒等我開好門，就直接把門給推開。我嚇了一跳，抬頭才要看清楚是誰時，維妮的聲音就已經劈里啪啦響起來。

「妳憑什麼去我公司鬧？妳還要讓我多丟臉？妳以為妳是誰？我自己的事我自己處理，到底關妳什麼事？我就是愛他才會跟他在一起，妳憑什麼打他？妳到底憑什麼？」

這話好像我剛剛才罵過她前男友的，「你憑什麼坐在這裡？」

「他有老婆還去招惹妳，我不管是誰先開始的，妳也做錯事了啊，怎麼還站在這裡跟我大小聲？要不是妳一直沒接電話，我也不會找去公司！」

「妳打來我就一定要接嗎？我不能自己一個人靜靜嗎？我一定非得讀完、回覆妳的訊息才可以嗎？沈維芯，不要再以為自己是什麼好姊姊，妳又沒有對我多好，我真的覺得很噁心。妳這麼愛當姊姊，就去管妳的沈維倩，從今以後不要再插手我的事！」

維妮罵完我，馬上像一陣風似的離開。

我真的不敢置信，維妮竟然對我說：「妳又沒有對我多好。」這樣的話。這句話真的讓我痛到不能呼吸。我好心酸，我真的很心酸。

我沒想到維妮這麼討厭我，她看著我的眼神，對我說的每一句話，都像是在對待仇人一樣。我不能理解，我們之間怎麼會走到這樣的地步？我以為我們只是太少相處，有點距離。

但此時此刻，拉開我們的何止是距離。

我收拾情緒想回屋裡時，就看到乙東倚在一旁，表情有些嚴肅。沒想到我還能扯出笑容對他說：「我妹還活著，沒事了。」

沒想到最沒志氣是我。

一說完那句話，我眼淚就掉下來了。我真的很少哭，什麼妖魔鬼怪我都看過，我也不怕，但維妮討厭我這件事，讓我覺得世界暗了一半。

他沒說什麼，只是拍拍我的肩安慰我。

「如果妳不會教妹妹，我可以幫妳教，這也算是……我的專業之一。」他很認真的說。

結果我只哭了兩秒就笑出來了。

我抹去眼淚罵他，「神經。」

接著我回去我小幫手的位置，繼續幫他遞工具和螺絲。他有些猶豫，最後還是邊裝邊忍不住問我，「妳沒事吧？」

「沒事。」

「騙人。」

「對，我騙你。」怎麼可能沒事？我超級有事好嗎？我現在真的很想衝去……

「妳是不是很想去找妳妹問清楚？」

我馬上用「你怎麼知道」的眼神看著他。他跟我說：「走啊，我載妳去。」接著就要起身。

但我拉住他搖了搖頭，「不用了，她不會說的。」維妮的個性我很清楚，這世界上沒有人倔得贏她。

除非她自己願意說，不然我就算問到往生，她一個字都不會提。

她現在都說要靜一靜了，我再去煩她，她只會更不爽而已。我就是這麼卑微，她氣我也不是沒道理，我的確不應該沒經過她的同意，就找她前男友興師問罪。但如果讓我再選一次，我會做一樣的事。

至少，我能知道維妮沒像那些人說的，做出「不如去死一死」這樣的事。

沒事，我們維妮沒死。

乙東也沒有再勸我，我們就是很認真的把東西都組好，放到該放的位置後，他看著我說：「妳是不是應該請我吃飯？」

「是。」不可否認。

於是我去換了件衣服。和他一起走出門外時，天已暗了。我的一天就又這麼過完了，驚險緊張，十分刺激。

但最恐怖的是，半小時後，我居然坐在薑母鴨店裡，感到生無可戀，「我不懂，這種天氣，怎麼會有薑母鴨店營業？」

「妳管人家，就是有這種天氣想吃薑母鴨的人。」

「你說你？」

他理所當然的點頭，我深吸口氣，「沒把我逼到滿頭大汗，你是不是全身不對勁？」

「那妳自己說，妳昨天回去有沒有比較好睡？」

我頓時全身熱了起來，他是知道我心情不好，才又故意帶我來吃這種煩死人的火鍋，好讓我發洩情緒。

「謝謝。」我猝不及防的回他這句，換他愣了一下。

「幹嘛謝？」他回應得很不自然，還用倒飲料的動作來掩飾自己的小慌張。

我忍不住再說：「其實你真的滿溫柔的。」

他突然整個臉紅，「妳不要突然說這種奇怪的話。」

「讚美也不行？」

「我不習慣。」

然後我就開始從他的個性稱讚到他的外型，「哇，你眉毛真的是有夠濃的。」就連手我也不放過，「哇，你連手指甲都剪得好乾淨！」

他整個人彆扭到不行，臉紅到爆炸，如果他手上有槍，我真的不會活過下一秒。但薑母鴨也是凶器，熱鍋一上來，我也就安靜了，放過他，也放過我自己。我是不漂亮，但不能再醜下去，毀容禁止。

我們開始吃起火鍋，很快又是一陣汗流浹背，但我似乎慢慢喜歡上這種感覺，什麼都不用想，專心吃飯。用力流汗居然可以讓我的心情沉澱下來，這真的是好奇妙。

這一頓飯，我們又吃了快兩小時，我飽到心滿意足，甚至不用害怕晚上會睡不著，我此時此刻已經有了睡意。決定先去廁所洗洗臉，沒想到洗完臉出來，就看到陳乙東站在櫃台。我馬上衝過去，拉住他拿著錢包準備付錢的手，大喊，「我來付！」

下一秒，他手上的錢包掉了下去，裡面幾張證件散落出來，我覺得很抱歉，趕緊說了句，「對不起。」同時和他彎下腰去撿。他撿了證件，我撿了一張照片，照片中，他從背後抱著一個女孩，那女孩笑得很溫柔漂亮。

他馬上抽走我手上的照片。趁他把東西放回錢包的當下，我搶先他一步結了帳，接著，回到車上，他一句話都沒有說，氣氛有些尷尬，於是我提議，「你在捷運站那邊讓我下車好了。」

「為什麼？」

「我想去買點東西。」

他點點頭，把車子開到路邊，我丟了一句，「小心開車。」就直接下車。我也不知道為什麼我不敢回頭看他，就覺得自己好像對不起他，不小心窺探到他什麼隱私一樣。

為了壓下這種難以形容的歉疚感，我在百貨公司裡頭轉了七、八圈，直到打烊前我才離開，然後慢慢走回家。但那種感覺沒有消失，反而更沉重了。再加上和維遠、維妮都鬧得不愉快，薑母鴨的療癒感很快就被我用光了。

我走到家門口，心情變得更加沉重。

當我準備開門時，身後一道影子靠近。我想到乙東交代我最近晚上不要出門的事，抓著手上的包包，迅速確實的往身後的人甩去。包包直接甩在那人的臉上，對方摀著臉吃痛的叫了一聲。

我一愣，這是維遠的聲音？

當他慢慢把手放下來的時候，我幾乎可以確定，我把我弟打到流鼻血了。

於是我帶維遠回家，看到他鼻孔塞著棉花，我只能道歉，「我不知道是你。」

「沒關係，有警覺心是好的，畢竟妳這裡治安不太好。」

我倒了杯茶給維遠，然後我們姊弟倆什麼話也沒說，就坐在沙發上，你看我、我看你。

最後我實在忍不住了，「你不是很忙嗎？可以坐這麼久？」

維遠放下杯子，對我說，「我是來道歉的。」

「道什麼歉？」

「我昨天語氣不好。」

我搖頭，「語氣不好的人是我，我昨天瘋了，你不用理我。」

維遠笑笑說：「但妳瘋一點比較好。」

「你有病喔？」我幫他再去倒杯茶。

他跟我說：「我剛才打給維妮了。」

「她有接？」我問。

維遠搖搖頭，「一開始沒接，我打到第十八通，她才勉強接聽。」

「你也是很瘋。」

「我差不多是打到第五通，開始能體會妳的心情。」

「什麼意思？」

「意思是，我突然覺得妳很辛苦。」

我真的要被自己弟弟嚇死。我非常驚慌的看著他，他趕緊解釋，「我是說真的，昨天妳掛掉我電話之後，我還不能理解妳為什麼這麼生氣，後來我打給維妮，想叫她跟妳報個平安，但她沒有接。我等她回電，她也沒有回，今天我就一直打，愈打愈生氣，就覺得要知道她死活怎麼那麼難？後來她才終於接了。」

「那她應該都跟你說了吧。」

「說了，我也罵了她一頓。」

「你罵她？」我真的有夠驚訝，維遠沒有罵過誰，他這個人就是一個靜置的透明水瓶，你根本看不出他情緒有什麼波動。

他點點頭，「我不管她有多情不自禁，我也不管那男的家庭有多不幸福，在對方還是有婚姻狀況的時候，維妮就是做錯了。但是不管怎樣，妳動手也是不對。」

我無法反駁，「我知道，但我當下真的太氣了。維妮因為他，連工作都沒有了，還要一直被說閒話。」

「這也是她自己要去承受的，那是她的選擇，妳讓她自己處理。」

「我知道。算了，你有空就多關心她吧，她還願意跟你說這些，表示她還當你是哥哥。她本來就不怎麼理我，現在因為這件事，她大概也不會再跟我講話了。」

「沒那麼嚴重，過陣子就會好的。」

我聳聳肩，已沒有任何期待。維遠又問我一句，「妳交男朋友了嗎？」這麼突然？

我馬上搖頭，「哪有？」

他回我，「其實我在門口等很久了，後來有個男人過來問我是誰，差點沒有讓我拿身分證出來證明我是妳弟。那個人高高壯壯的……」

「住後面的鄰居。」我說。

他點點頭，站起身，「那沒事我就先回去了。」

我送維遠下樓，他在離開前對我說了一句，「妳辛苦了。」

這句話跟維妮說的那句，「妳又沒有對我多好。」相抵，我心情好多了。我看著這個不知道什麼時候開始會散發溫柔的弟弟，心裡好暖。此時此刻，我又體會到陳乙東那句：感情都要互相，才有價值。

我很欣慰的抱了下維遠，他也拍拍我，「我會記得，我也是她們的哥哥。」

我點點頭，忍住眼淚，目送維遠離開。

這一瞬間，我好像修完某個被二一的學分。

原來，這個科目，我還是有救。

第五章

不過這晚，我沒有想像中睡得好。

維妮那句，不要自以為是好姊姊，也一直在我腦海裡徘徊不去。

雖然我本來就不認為自己是個多好的姊姊。這句話的表面意思並沒有傷到我，真正讓我喘不過氣的，是她說出這句話背後的怨氣。我明顯感受到她對我有很多的不滿，而這是我從來都不知道的。

我就這樣翻來覆去，失眠了整個晚上，一直到凌晨，實在是完全無法再繼續躺下去，乾脆起身下床做餅乾，順便再烤了個蛋糕。換好衣服，提著這些東西，我跟著要上班的人擠公車，一路坐到育幼院附近，緩緩的散步進去。

雲姨正在替草地澆水，看到我來，意外又熱情的喊著我的名字，「維芯！」

我快步上前，把餅乾跟蛋糕給她，「早上睡不著，起來烤點餅乾。我記得那天在布告欄看到今天要慶祝這個月的壽星，所以多烤了個蛋糕。」

雲姨開心接過，拍拍我的肩，「妳真的好有心，小柚昨天還在唸著妳呢。」

「是嗎？他在哪，又在騎車了？」

「妳今天來得太早了。早上有老師來，帶他們去戶外活動了，車才剛開走呢，妳可能要等到下午了。」

「沒關係，看看妳也一樣啊。」

雲姨開心的拉著我去她的辦公室。我們東聊西聊，說著過去的事，我才知道她以前可是個千金小姐，因緣際會來這裡幫忙一次後，往後的四十幾年就都留在了這裡。父親氣得不把遺產給她，她也無所謂，她說，比起這裡的孩子，她已經擁有太多。

我真的是聽得眼眶不停泛紅，但又不敢哭出來。我想，這世界之所以美好，就是因為有像她這樣美好的人吧。

聊著聊著，陳乙東的聲音出現，「妳怎麼在這裡？」

我回頭，就見他大包小包走進來。他一臉驚訝的看著我，我隨口回應，「剛好有空，就來了。」

接著雲姨幫我補充，「維芯做了些餅乾來，還烤了個蛋糕給孩子們慶生。啊，你又亂買東西了？不是說不要亂花錢嗎？他們什麼都有，你別寵壞他們了，你在工地工作那麼危險，錢就好好留著……」

「別唸了，就生日禮物而已，珍姊說老師帶他們去九份了？」

「是啊，你看看你們多不巧。」雲姨笑笑。

乙東把帶來的東西放到一旁之後，我站起身跟雲姨說：「雲姨，那你們忙，我先回去了。」

「這麼快？讓乙東送妳啊。」

「不用了，他剛來，你們聊天吧。」我給了雲姨一個微笑，轉身離開。其實我知道自己這樣很彆扭，但昨天晚上，我沒有睡好的另外一個原因，還有那張照片。

不知道為什麼，就是心裡悶悶的，我不喜歡自己這樣，有點像神經病。

當我快晃到公車站的時候，喇叭聲在我後頭響起。我知道是乙東，回過頭去像之前一樣對他笑。他按下車窗，「上車，我送妳回去。」

「我還沒有要回去。」我說。

「那看妳想去哪裡，我送妳過去。」

「不用了……」

我才說到一半，他以為自己是什麼偶像劇男主角還是霸道總裁，一個踩油門往前開又馬上在我面前急停，車子就這麼橫在路中央。他還說：「需要我幫妳開車門嗎？」語氣好像是我有公主病一樣。

我白了他一眼，自己上車，請他送我到維妮公司附近。他開口問我，「妳弟昨天有來找妳？」

「對啊。」

對話結束，氣氛又頓時冷了下來。過了一會兒，他又問：「妳該不會又和妳弟吵架了？」

「沒有。」我說。

「妳今天回答問題一定要這麼簡短？」

「你最近是不是比較閒，都不用追仇家？也不用被人追？」

他愣了一下，還真的跟我交代行程，「最近在撒網子，本來就會比較低調一點……」

我馬上摀住耳朵，「我不想知道。」

他笑了笑，沒再繼續說，就這麼把我送到維妮公司附近。發現他開始找車位，我好奇問他，「你為什麼要找車位？你也要在這附近辦事嗎？」

他搖頭，把車子停好，抬頭對我說，「沒有，我只是想說陪妳一下。」

不得不說，這句話我真的差點融化。但這心情只維持了一秒。

因為下一秒他就補了一句，「我怕妳又做什麼傻事。」

「誰要做傻事？」我人好好的做什麼傻事？

「妳都不知道自己一臉要豁出去的表情嗎？妳到底來這裡幹嘛？」

我氣到不行，「來道歉啦！」

我直接下車，他跟了下來，我走到維妮公司門口，卻開始猶豫著自己要不要進去。最後，我人沒有進去，而是撥了電話，和維妮的前男友約好在旁邊的咖啡廳等。他下來之前，我轉頭對陳乙東說：「你真的可以回去了，我沒事。」

他沒理我，只說了一句，「我在車上等妳。」然後就帥氣的轉身走。我真的不知道他在想什麼，我也沒時間去想他在想什麼，轉身走進咖啡店，找到位置坐下。才想著要怎麼開頭時，維妮前男友已經坐在我面前了。

他被我打了那一巴掌，看起來還沒消腫。

他有些小心的問我，「和維妮聯絡上了嗎？她還好嗎？」

「聯絡上了，但她到底好不好，我不知道。」看她對我那麼不爽，應該是還滿有力氣的，但心情怎樣，我真的不知道。她不會告訴我，甚至也不想讓我知道。

他歉疚的看著我，又說了一句，「對不起。」

我不想聽，我開門見山的直接說，「我今天是來跟你道歉的。不管怎樣，那巴掌都不應該是我來打，是我太衝動了，這件事我很抱歉。但是，你有老婆又跟維妮在一起，就是不應該！」

他苦笑，很誠懇的再向我道歉一次，「是我沒有控制好自己感情，讓維妮受這麼大的傷害，是我的不對。她是個很好的女人，我真心祝她幸福。」

「廢話連篇，她現在這樣，到底要怎麼幸福？你愈在那邊雲淡風輕，我就覺得你愈可惡。你現在一樣是公司老闆，一樣回到老婆身邊，還可以享受家庭溫暖，可維妮有什麼？她工作沒了，感情沒了，現在連未來都有可能因為這件事有了陰影。然後你涼涼的說一句祝她幸福，你怎麼不去撞牆，看看你腦子裡是用什麼邏輯吐出這種垃圾話的？你說完不會臉紅，我都替你可恥，你就該跟她一樣痛，而且應該要比她痛一千倍、一萬倍！」

我一口氣說完，差點沒有腦中風。

我想說我罵成這樣，他該生氣了，但他沒有，只是點頭附和著。我深吸口氣，「算了，罵再多也沒有用，我只是來為那巴掌道歉的。」我拿了包包起身要離開。

他突然說了一句，「其實妳沒有維妮說的那麼不關心她。」

我愣住了，低頭問他，「你說這什麼意思？維妮跟你說過什麼嗎？」

他搖搖頭，「她很少說家裡的事，只是偶爾提到妳，她都會說妳只是小妹的姊姊，不是她的。」

我幾乎是跌坐回位置上的。這次，換他起身先離開。不知道過了多久，陳乙東一屁股坐到我對面然後說，「妳還要在這裡坐多久？」

我看著乙東，仍是不敢相信，突然覺得好冷，忍不住發抖，「維妮跟她前男友說，我只是維倩的姊姊，不是她的。這到底是什麼意思？是我不夠關心她嗎？」我直接把手機滑開，把我跟維妮的對話訊息給他看，「你自己看，我還不敢每天傳，怕她嫌我煩，我就只能兩、三天才問一次她最近好不好。她氣管不好，我每個月寄中藥給她，她不敢吃藥粉，我也拜託中藥行熬成湯包。」

他接過我的手機，但沒有看，只是握著我的手說：「妳冷靜。」

我難過的看著他，「我真的好難冷靜。」我真的很難過、很難過。

他直接拉起我，把我從那間咖啡廳帶走。他也沒有帶我回去車上，我們就繞著附近的小公園，一直走著、走著，走到周圍的大樓燈都暗掉了，他才開口問我，「好一點了沒？」

我搖頭，又點頭。然後他對我說：「那明天再繼續走吧！今天解決不了的煩惱，還可以明天再解決。」

「如果明天也解決不了呢？」

他聽著我的問題，也愣住了，但還是深吸口氣，告訴我，「總有一天會解決的。但現在妳要先解決妳自己。」

「我？」

「對！好好睡一覺，有什麼事明天再說。」

他說完，直接拉著我回車上，很快的把我送回家。但這還不夠，他直接陪著我進屋，推著我，催促著說：「去洗澡。」

「一定要現在？」

他用力點頭，又說：「等妳洗好了，我再回去。」

我真的是完全不想動，只想懶在床上，什麼都不做，甚至先不要呼吸也可以。但他的眼神之堅持，好像我下一秒不進去浴室，他就要拿槍出來一樣，我只好去洗澡。

然後等我出來時，桌上已經擺了乾麵和滷菜。他繼續說：「等妳把麵吃完，我就回去。」

「我真的沒有胃口。」

他不回答我，就是靜靜看著我，一直看、一直看。我被他看到好像那碗麵我沒吃掉，會世界末日一樣，我只能坐到沙發上去，很努力的把那碗麵吃完。這期間他又一直挾滷味給我，我已經知道他的堅持，我不想掙扎。

吃完後，我收拾桌子，他也起身幫忙。我制止他，「好了，你可以回去了，我自己整理就好。」

「我等妳睡著了再回去。」

我真的瞬間傻眼，下一秒直接笑出來，「欸，我不會做傻事好嗎？雖然很難過，但不至於葬送我的人生好嗎？」

「妳不用管我，我滑手機，妳睡妳的。」

於是，一洗好碗，我就去躺在我的床上。從房門看出去，他坐在沙發上，很認真看著手機，不停的打著字，像在聯絡什麼事一樣。我就這麼看著他，想著維妮的事，不知不覺，原本煩躁的心，居然慢慢沉澱下來。也不曉得是吃太飽還是怎樣，腦子愈來愈空白，就這麼睡著了。

隔天早上我醒來時，陳乙東已經離開。

能夠這樣睡得飽飽，此時此刻，我真的很想跟他說聲謝謝，但我根本沒有他的電話號碼。我們竟沒有任何聯絡方式，想想也是覺得很妙。

我看了時間，起來整理一下，沒忘記今天是水電師傅來重新拉管線的日子。我剛下樓沒多久，就聽到電鈴聲，快步去開門讓師傅進來。之前已經討論過怎麼處理，所以今天來就是直接施工，我讓了位置給師傅們。

老師傅邊拿工具邊跟我說：「外面很多警察呢，發生什麼事了？」

「有嗎？」

「有啊，警車在大馬路那裡排一整排呢。」

我一聽，連鞋都沒穿就跑出去，正好遇到小弟騎摩托車經過。我忙喊住他，「阿才！」

他愣了一下，把車騎到我面前問，「幹嘛？」

「你們出事了嗎？」

他馬上呸了好幾下，「哪有出事啊！」

「可是聽說有很多警車來啊？」

「喔，那是對面菜市場歐巴桑在吵架啦！為了一根蔥，連菜刀都拿出來了呢。」他說完還大笑，可我真的嚇死了。他看我臉色蒼白，突然收起笑聲，好奇的問：「不然妳是以為我們被警察抓喔？」

我沒說話，表示默認，他又開始大笑，「妳北七喔！」

「你才北七！」我氣得反罵他，轉身回屋裡。沒想到小弟在後頭大喊，「妳擔心乙東哥是不是？要不要我跟他說一聲？」

我在屋裡大吼，「不用！」

然後小弟的笑聲漸遠，裡面的師傅們卻被我嚇了一跳。我只能尷尬笑笑，請他們繼續忙，接著回樓上，想著要不要找維妮談一談。如果是過去的我，肯定直接出門去問清楚。但現在我放下手機，去拿出麵粉，繼續研發我的手工餅乾。

我雙手動作著，同時也傷心著。

被在意的人討厭，這種感覺真的很難放下。

在我釐清自己思緒之前，我不想貿然打電話去吵架或是爭執。我只能先讓自己冷靜下來，想想這十幾年來，我到底是從哪裡開始被維妮討厭，還是說我做了什麼讓她無法原諒的事，只是我自己一直都沒有察覺？

可是餅乾都烤了一堆，我還是沒有答案。

一直到樓下的師傅喊我，我才知道他們工程已經處理好了。我檢查所有管線配置，確定都沒有問題後，付了工程費用，送走師傅，準備外出去吃飯。這時我的手機響了，打來的是維倩多年的好友。

我有些意外，「蜜蜜？」

蜜蜜乾笑兩聲，我聽著她有些欲言又止的語氣，愈發感到擔心，「怎麼了嗎？」

「我是想問妳，維倩有沒有跟妳借錢？」蜜蜜突然這麼問我。

我更訝異了，「沒有啊，她都說她自己有錢啊。」

「但她剛才要跟我借十萬耶，說公司的員工都需要買兩套產品才能轉正職。我覺得太奇怪了，這根本就是直銷啊，所以沒有借她。但她很堅持一定要當上正式員工，所以好像四處在借錢準備買產品。」

我有點傻住，對蜜蜜說：「我再問她看看好了。」

「維芯姊，妳不要跟維倩說是我告訴妳的喔！」

「我知道。」跟蜜蜜掛完保證後，我直接打給維倩。第一通她沒有接，第二通響了很久她才接起，然後語氣很急促，「我很忙，有事可以晚點再說嗎？」

我突然不知道要說什麼，維倩也在電話那頭愣住，「幹嘛不說話？我真的在忙，我要掛電話了。」

「妳喜歡妳的工作嗎？」我問。

她頓了一下才回我，「當然喜歡啊，不然幹嘛做？」

「妳真的很想在這間公司轉正職？」

「這是我第一份工作，我一定要轉正職。」

我試著勸她，「有熱情很好，但妳覺得這份工作真的適合妳嗎……」

維倩沒好氣的打斷我，「我公司是沒有維妮的公司好，但也是正派經營，甚至拿過很多獎。值不值得是我決定，跟任何人都沒有關係！而且妳沒事管我工作的事幹嘛？我自己會處理，妳忙妳自己的事就好。」

維倩直接掛我電話，我坐在椅子上發呆了很久。

深吸一口氣，重新撥出電話，但這次我是打給蜜蜜。她很快就接起來了，趕緊問我，「維芯姊，妳有勸維倩了嗎？」

我緩緩開口，「蜜蜜，幫我一個忙。」

「什麼事？」

「我匯十萬給妳，妳以妳的名義借給維倩，不要說是我借的。」

蜜蜜嚇瘋了，結結巴巴的說：「維倩姊，妳認真的嗎？這真的會有去無回。」

「不管怎樣，我借她錢，總比讓她四處在外面借錢好吧？妳把帳號傳給我，再麻煩妳了。」我結束通話。想著維倩強硬的態度，其實不知道自己這樣做是對是錯，但如果人都得跌一跤，那我希望她至少不用那麼痛。

飯也吃不下了，我轉身要上樓時，竟然看到維妮就站在門口，冷眼看著我。那眼神陌生到我有些發抖，我不安的喊她，「維妮？」

「妳就非得這麼寵沈維倩嗎？那公司聽起來就有問題，肯定是什麼直銷公司，妳居然還要拿錢去幫她？妳到底有什麼毛病啊？覺得妳自己賺錢很容易嗎？」我剛剛和蜜蜜的對話，維妮應該是都聽進去了。

我試著解釋，「我只是想……」

「想什麼？想妳從以前就是這樣，沈維倩長、沈維倩短，之前她還小的時候就說她還小，還在唸書的時候，也說她還小。現在都畢業出來工作了，妳還是把她當小孩嗎？她不小了好嗎？我在她這個年紀早就沒拿妳半毛錢了，結果她現在為一個直銷工作，還要妳給她錢買產品？」

「她沒跟我要……」

「對，是妳心甘情願給的，沈維倩的一切妳都心甘情願！」

我被維妮凶得有些莫名其妙，她可以不認同我的作法，但我不能理解她為什麼非得把話說得這麼難聽。我忍不住問她，「妳到底對我哪裡不滿？」

維妮頓時僵住。我看著她，心裡其實很痛，「我真的……不是妳姊嗎？」

她的眼神很複雜，我讀不出她的情緒，但我可以感受到她心裡也很激動。我忍不住說：「我是哪裡做得不夠好，還是我傷害妳什麼，妳可以告訴我，我可以改。妳什麼都不說，我怎麼知道妳在想什麼？」

她有些哽咽，「我想什麼重要嗎？不管我想什麼，最後妳永遠都是那句，那看看維倩要吃什麼、看看維倩要買什麼！維倩在妳心中永遠都比我重要，我永遠都是被妳犧牲掉的那一個，妳是不是忘了，我們才是同個爸同個媽生的？妳關心的就只有妳的沈維倩，永遠都是回我：這個妳可以自己來吧？五歲的沈維倩是妳妹妹，十五歲的我就不是嗎？我一樣也沒了爸爸，我一樣會痛會難過，但妳有抱過我嗎？有沒有拍拍我的肩說一句，維妮不要怕，妳還有姊姊！沒有，妳的雙手只要是空出來的時間，都是在為沈維倩做事，然後我還不能提自己的恐懼，因為我比沈維倩大十歲！我有常覺得，為什麼那時候我不跟爸一起死了算了！」

我的心像被人重重一擊，我真的沒有想過維妮對我的怨恨從那麼早就開始了。

我上前試著想安慰她，但維妮退了一步，深吸口氣說：「說開了也好，我再也不用勉強我自己，從今以後，我們各自安好，不要再聯絡！對了，還是要謝謝妳去跟他道歉，讓我不至於那麼難堪。」

維妮說完直接離開，我連拉住她的力氣都沒有。過去的那些自以為，在這一瞬間崩塌，我竟然讓維妮不快樂這麼久，而我，竟然毫無知覺。

然後下一秒，我整個人好像被抽離了一樣，昏了過去。

當我再次醒來，我是在自己房間。

我坐起身，從房門口看過去，陳乙東就坐在沙發上，一如昨晚的樣子，好像複製貼上。他察覺我的視線，放下手機過來，倚在我房門口問：「還好嗎？要喝水嗎？」

「我自己來。」我直接下床，走去倒了杯水，然後好奇的問他，「你怎麼會在這裡？」

「阿才說妳在找我，我就過來了，然後就……」他有些欲言又止。

我直接幫他說，「就看到我妹大罵我，我像林黛玉一樣昏過去了。」

他點點頭，「但林黛玉應該比較瘦。」

我無力的看了他一眼，「謝謝喔。」

他還回了我一句不客氣，接著又坐到沙發上去，沒有想走的意思。我看了看時鐘，居然已經晚上十二點了。我還真不知道我今天都幹嘛了，「你不回去嗎？」

「等妳睡著我就走。」

「我才剛起來耶，怎麼可能又睡。」

「妳現在再去躺著，一下就會睡著了。」

「不可能。」

「可能。」

「不可能。」我堅持。

他補了一句，「人生沒有不可能。」

我頓時心有同感，「對，人生沒有不可能，就像我覺得維妮不可能對我說那樣的話，但她還是說了。

「嘴巴是她的，她本來就有資格講自己想講的，只是妳要不要聽進去而已。」

怎麼可能不聽進去？跟他一句來一句去，我突然又覺得累了。再躺回床上睡覺這件事，原來是真的有可能的。於是我告訴他，「好，我去睡覺，你想回去就回去，門幫我關上就好。」

他點點頭。我才剛要走回房間，門鈴聲又爆炸似的響起。我嚇了一跳，和陳乙東對看一眼，兩人的眼神莫名閃過心虛，好像幹了什麼不可告人的事。他甚至問我，「我需要躲起來嗎？」

躲個屁！

我深吸一口氣，對他說：「你在這裡就好。」

然後我就趕緊下樓開門。雖然鄰居不多，照這種瘋狂的按法，我覺得連陳乙東的老大都會被吵到衝下來殺人。在我耳膜要爆炸之前，把門打開，結果芷言跟夢舒兩人喝到爛醉全跌在我身上。

我整個傻眼，根本沒辦法支撐兩個人的重量，只能朝著樓上喊，「陳乙東！」

不到十秒，他就衝下來了，也是一臉茫然的看著我。我不想解釋，只是告訴他，「幫我扶她們上去可以嗎？」

他沒說可不可以，直接把夢舒拉到他背上，先把夢舒背上樓。我扶著搖搖晃晃的芷言很吃力的移動，但很快乙東又再下來，幫我把芷言也背了上去。我跟著走上樓，有氣無力的看著躺在我床上的兩個女人。

心真的很累。

下一秒，芷言好像要吐了。我迅速把垃圾桶移到她嘴邊，她大小姐卻是抱著我，直接吐到我身上，笑笑的跟我說：「魏以晨，你活該，我就是要氣死你。」

好的，我大概知道為什麼芷言會喝成這樣了，原來是跟男友吵架了。

陳乙東同情的看著我，我只能回他一個微笑，用我的表情告訴他，「沒關係，人生嘛！」沒想到我的瀟灑只能持續一下，我把芷言推開，才想要起身去清理的同時，夢舒突然坐起身，一把拉過我的衣服，也吐在上面。吐完還不忘往我肩膀擦擦嘴，罵了我一句，「王八蛋、臭男人，浪費我的青春！」

好的，這下我連夢舒醉成這樣的原因也知道了，她還在氣她的前夫。

我連深吸口氣排解情緒的力氣都沒有，我怕我這麼一吸氣，聞到嘔吐物的味道，我也會跟著吐出來。我沒辦法招呼陳乙東，只能迅速衝進廁所，好好洗了個澡，打算幫吐到不省人事的兩位小姐換個被單，畢竟剛才應該有沾到。沒想到，被單已經換好了。

都是陳乙東做的。

「我要請你吃一千次飯。」我真心謝謝他。

「那先煮碗泡麵給我吧，妳還有九百九十九次。」

我笑了笑，去幫他跟我自己都泡了碗麵。吃麵的時候，他時不時用同情的眼神看我，我被看的很煩，在他又看向我時，我直接瞪回去。他嗆到，咳了幾聲。我覺得心情好好，但還是要問他，「你到底在看什麼？」

「想說妳要不要去祭改？」

「為什麼？」

「妳很倒楣。」

「你才倒楣。」我回他。他沒好氣瞪著我，以為我在嗆他。我趕緊解釋，「我不是在罵你，我是說朋友是我選的，也不關你的事，還要你幫她們清嘔吐物……」

「我們是朋友，也是我選的，看妳這麼悽慘，我就只好……」

「閉嘴，不要同情我。」

他笑了笑，眼神一樣同情我，然後吃掉最後一口麵，跟我說：「我這兩天開始會比較忙，但不是什麼危險的事。」

我愣了一下，「所以呢？」

「就是跟妳說一下，免得妳看到警車就敏感。」

我真的是一碗湯差點潑過去，「阿才到底都跟你亂說什麼？」

「沒說什麼。」

「騙人。」

「對啊！」他居然這樣回我，還一臉賊笑，但我也不想問了，抱歉！我這個人還是有原則的好嗎？愈吊我胃口，我就愈沒有胃口。

他笑笑起身，把碗洗了後說：「走了。」

我點點頭，示意他自己下去，然後把門關好就行的表情。他對我比了ＯＫ，接著轉身離開。見他下樓，我還是忍不住起身去樓梯口看，確定聽到大門關上，他真的走了，我才轉身走回沙發。

結果一轉身，芷言和夢舒居然站在我背後。我先是被她們嚇到，接著被她們身上的酒臭味給薰到。

「妳們到底喝多少啊？很誇張耶。」我忍不住唸起來，「都幾歲了，喝酒還不節制，以為自己很年輕，還是很青春？」

芷言一臉不以為然，「不好意思，我不是被年紀限制的女人，我今天想十八歲，我就是十八歲，我今天想三十八歲，我就是三十八歲，青春是一種態度好嗎？敢衝、敢拚！」

「一瓶威士忌？」我問。

夢舒得意的搖頭說：「兩瓶皇家禮炮。」

「臭死了。」

芷言翻了白眼，「有什麼酒喝完吐出來是香的嗎？」

好像沒有，所以我閉嘴。跟她們這種反應快的人頂嘴，到最後都會想請她們放過我，最好的方式就是不要引戰，乖乖回自己位置坐好就是了。

結果她們兩個居然攔住我，大字型的那種姿勢。這不是我家嗎？為什麼我頓時有一種走到別人地盤的感覺。

我好奇的看著她們，她們同時開口問我，「他是誰？」

「誰是誰？」

「不要再裝了！」夢舒看好戲似的繼續問：「拜月老真的有用喔？這麼快就有男人在妳家過夜了耶，我的天啊，我們白紙維芯要被打勾勾了嗎？」

「亂講什麼啦？只是朋友而已。」

不管我再講幾百次只是朋友而已，她們都不信，還要我把跟陳乙東認識的過程交代清楚。那一瞬間，好像回到了十幾年前，我們幾個聚在一起，討論芷言和夢舒誰情書收得多，討論我曾暗戀過那個長得像木村拓栽的籃球隊學長，到底有沒有跟三班的班花在一起……

吱吱喳喳，這也是我們的青春。

但當我講完我跟陳乙東怎麼變成朋友的過程，她們兩個卻開始面有難色，像便秘好幾天。「妳們表情有需要這麼凝重嗎？」

芷言拉著我，眼神非常嚴肅，「妳對他真的只有朋友感情？」

「我們現在就是朋友啊。」

「不要說現在，我是問妳未來發展的可能性，會不會有一天越線。」

我先是一愣，隨即搖頭，「不會啦！他又不喜歡我，他應該有女朋友或是太太了吧。其實我也不知道，但反正他有喜歡的人，他皮夾裡面有個女生的照片，人家很漂亮耶。」

「妳也很可愛啊。」夢舒補了這句。

但我也沒有很開心，「我都快四十了。」還要可愛嗎？

可她們兩人聽完我說的，明顯鬆一口氣。芷言很鄭重的對我說：「我不限制妳交朋友，這位陳先生看起來人也不錯，只是他的工作不太行，風險太高。所以妳最好不要有什麼非分之想，我不想要妳當寡婦！」

我真的是不知道該生氣還是大笑，「妳真的想很遠耶。」

「我覺得，明天一早我們再去廟裡一次，斬斬爛桃花。」

我都還來不及說不，她們就擅自決定了行程，然後各自去泡了碗麵吃起來。芷言邊吃邊說：「以後不要隨便跟男人吃泡麵。」

「連吃泡麵都不行？」

「太香了！我就是聞到泡麵味醒來，才會發現妳在家裡藏了個男人。」

我幫她們倒了水，「我沒有藏好嗎？真要藏，我就直接不去開門了。」

「反正，他當朋友可以，再多就不行，妳答應我。」芷言伸出手要跟我打勾勾，但不知道為什麼，我的手就是伸不出去。看芷言一副好像要得到我的保證才甘願的模樣，我只好隨手拿了包我做的餅乾塞她手裡。

「幫我試吃，新口味！」

芷言和夢舒馬上搶著幫我試吃，剛剛什麼打勾勾的事全忘光光。就是喜歡她們這個樣子。芷言咬了一口，感動的說：「這抹茶口味的也太好吃了吧！超香又不死甜，抹茶味好濃。」

因為維妮喜歡，而且她愛的抹茶是要帶點苦味的。現在，想到維妮又是一陣心塞。

芷言和夢舒很快就發現，我的笑容，跟她們嘴裡的抹茶餅乾一樣，有點苦，馬上開口問我，「妳是不是有事沒跟我們說？」

我瞞不了她們，一直都是這樣。

於是我把和維妮發生的衝突也說了一次。她們沒說什麼，也沒有叫我要怎麼做，只是拍拍我，告訴我，她們都在我身邊。我們都知道，所有和「家」有關的事，都是沒有答案的。

常常聊到我家的事，即便維遠他們做錯了什麼，她們也不會當我的面罵他們，因為她們很清楚，那只會讓我更難過。當然偶爾還是會唸一下，但真正發生事情時，她們是不會去批判的。

不過，她們會批判我。

「妳真的是很不會處理事情耶，當下就要講開的事，妳怎麼讓維妮這樣跑掉？死都要拉住她，問清楚到底是怎樣啊。妳也沒有把妳的心情和想法跟她說，她就有可能誤會啊！」兩個人輪流唸了我一串後說：「需要我們去幫妳和維妮談談嗎？」

「有時旁觀者真的比較清。」芷言說。

夢舒也補充，「而且她不敢對我們大小聲，小孩子都這樣，只敢在疼自己的人面前放肆。」

我搖頭，「不用了，我自己面對。」只能自己面對，畢竟這是自己的人生問題。這個晚上，我們三個人就擠在我那張雙人床上，東聊西聊，直到天亮了才趕緊睡覺。

當我睡醒，發現她們兩個都離開了。算是還有良心，幫我把客廳都整理過才走。我也是把自己好好的整理一番之後，拿起手機，傳了訊息給維妮。我告訴她，「妳的想法，我知道了，但我有些想法，也希望妳能知道。等哪天妳願意聽我說，請妳告訴我。還有，不管妳現在有多恨我，還是討厭我，妳永遠是我的妹妹。」

我很平靜的按下傳送鍵。

其實最快的方式就是我直接殺去維妮家，不顧一切的把話說開，可是我想說，不代表她想聽，只要有一方不願意，那就一點意義也沒有，所以我願意等，等她心甘情願。

把訊息傳出之後，我心情頓時輕鬆起來，然後，好想告訴陳乙東，我幹了件大事。當我意識到自己有這種想法，我真的在家尖叫，接著拿著包包衝出門，想讓自己冷靜下來。

我不應該是告訴芷言和夢舒嗎？怎麼突然陳乙東的臉會出現在我腦海裡？太可怕了，一定是昨晚和她們兩個聊了太多陳乙東的事，才會這樣。

一定是、絕對是！

我連公車都不想等了，直接搭計程車到大賣場，想直接往麵粉區過去時，一個小孩突然衝了出來。我的推車差點撞上他，幸好我及時轉向，推車撞上柱子，我的肚子撞上推車把手。我痛到差點哭出來，但還是不忍苛責小弟弟。

小孩的媽趕緊過來跟我道歉，「不好意思，真的很抱歉。」

「沒關係，沒事。」我抬頭回應那位媽媽。

我看清楚那位媽媽的臉，又差點尖叫出聲，這不是那個誰、那個陳乙東照片裡的那個女人嗎？

即便現在成熟了一點，但她笑起來的眼睛跟照片裡一模一樣！

她看我張大嘴好像在等蚊子飛進去的樣子，表情有些慌張，又開口問了我一次，「真的沒事嗎？」

我只能搖頭。她對我歉身一笑，便帶著孩子離開。而我就這麼看著她的背影愈走愈遠。

所以，她到底是誰？陳乙東的太太？陳乙東的前妻？陳乙東的女友？陳乙東的前女友？如果是現任太太，那麼這個孩子，該不會是陳乙東的孩子？但他看起來真的不像有老婆跟女友的人。

我愈想愈心煩意亂，從來沒有那麼想知道答案過……

就連聯考也沒有。

第六章

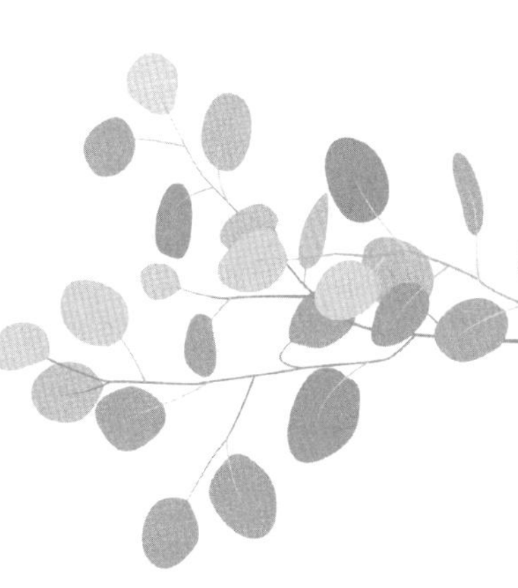

因為遇見那個女人的衝擊，我都不知道自己到底買了什麼。

我只知道我提了一堆東西，剛剛在賣場就這樣邊想邊拿，回家我從購物袋裡把東西倒出來時，才發現亂買的東西裡頭有五瓶嗽口水、四包沒用過的衛生棉條，還有六盒保險套。

我看著自己買的東西，無言以對。

現在回想起來，難怪結帳的櫃台人員不停的瞄我，我還以為是我臉上有眼屎，結果她可能是被我的需求量嚇到吧。

真的很想回去跟她解釋，但大賣場應該打烊了。

我正收著保險套，桌上的手機突然響起來。我嚇了一跳，保險套掉滿地，看到是維遠來電，我趕緊先接起來。

「怎麼了？」我問。

「我在樓下。」維遠完全讓我措手不及。

「我下去開門。」

我就這樣衝下樓，一開門，維遠就直接走進來，然後邊上樓邊說：「維妮來找我……」

我愣了一下，回過神，才發現維遠往餐桌走，像是要去開冰箱拿飲料。可是他的腳快要踩到剛才掉在地上保險套，我嚇得大喊，「維遠！」

維遠被我的音量嚇到，急忙回頭。我先把他拉去沙發坐好，倒了杯水給他，他一下就喝光。我深吸口氣問他，「維妮跟你說我們吵架了嗎？」

「妳們又吵架了？」

「就有些不愉快。」

「又為了那個男的？」

我搖頭，「不是，我去跟她前男友道過歉了。」

維遠整個人跳起來，「妳幹嘛道歉？」

「你那天不也說我打人是不對的嗎？我就想說自己又不是當事人，的確沒資格這麼做，我就約他碰面了。」

維遠氣到不行，「我只是講講，場面話而已。對！站在客觀角度上，妳當然不能打人，但身為妳弟，維妮的哥哥，我覺得妳打得很好！」

我愈聽愈胡塗了，「什麼意思啊？」

維遠重重一嘆，「算了，沒事，反正都過了。」

「所以維妮去找你是做什麼？」

維遠看著我，有些難以啟齒的說：「她跟我說，她打算要去香港工作了。」

我用著非常疑惑的眼神看著維遠。他以為我沒聽清楚，又說了一次，「有香港公司請維妮去上班，她答應了，應該過幾天就會出發了。」維遠見我愣在原地，繼續解釋，「聽說是要過去接整個廣告業務部門，開的條件很好，所以她才決定過去。畢竟妳也知道，台灣這邊她幾乎是沒有機會了，我是很支持她去！」

我除了支持，還能說什麼呢？只能點點頭。

維遠再說了一句，「而且可能下星期就要去了。」

我還是只能點點頭，「嗯，祝福她。」

維遠一聽，頓時一臉莫名其妙，「妳這樣說，好像妳們很不熟一樣。」何止不熟，現在跟陌生人差不多了吧？我沒回答維遠，他又問我，「所以妳和維妮到底吵什麼？」

我嘴張開，話又吞了回去，「沒什麼事。」

維遠一臉不相信，但我實在沒有力氣再說什麼了。維妮明顯不想再跟我有任何交集，我傳了訊息給她，她已讀了，卻是要維遠來回覆，就連再見也不肯跟我說，那我還能再說什麼？

衝去她家質問她，還是指責她嗎？我做不到。

維遠輕輕嘆了口氣，拍拍我的肩，「好啦，那我要回去了。」

我送他下樓，關好門，回到樓上，眼淚還是掉了下來。她昨天罵我的那些話，每一字一句我都仔仔細細記住。她說得沒有錯，當爸過世之後，最小的維倩才五歲，所以我總是要十五歲的維妮和我一起當姊姊。

然後忘了她也是我的妹妹。

她小時候總是愛跟著我，因為維遠覺得她吵，覺得她問題很多，有時候教她一題數學，維妮就會問一千個問題，可我覺得嘴巴停不下來的她很可愛。她喜歡躺在我肚子上看少女漫畫，說著以後要嫁給白馬王子，把全家都接進城堡裡頭住。長大一點了，看言情小說，指著封面，說要跟長得像這樣帥的人交往，我也覺得那樣的她很可愛。

笑起來會露出梨渦的她，後來漸漸不笑了，我也沒有察覺。我把問題推給功課、推給工作，從來沒有想過她的不快樂是因為我。

我哭了很久，我過去以為，窮得什麼都沒有的我，至少還有維遠、維妮跟維倩。但現在，我發現我仍是什麼都沒有，有的只是一個什麼都做不好的自己。

我就這樣想著過去和維妮的一切，配著眼淚睡著。

明明很小心了，為什麼還是會在不經意間失去重要的東西？這個晚上，我一直想不出究竟是為什麼。

接下來幾天，我只要想起即將離開的維妮，眼眶就發熱。我很想去看看她，但又不希望她看到我不開心，只能偷偷傳訊息問維遠，「維妮什麼時候要走？」「機票買好了嗎？」「她在那邊有朋友嗎？」

維遠大概是被我問煩了，從昨天開始也不回我了。我就是這樣成事不足敗事有餘。

所以，我只能工作來放空自己，短短幾天，簡單的木製 logo 我刻好、磨好了，還去買了幾盆龜背芋、琴葉榕、小芭焦的綠色盆栽來擺放，一樓往鐵門之間的小通道也做了簡單布置，今天也終於把所有牆面的油漆都上好了。

只要等我訂的二手商用烤箱及咖啡機來，幾乎就可以營業了。

當我滿意的看著自己的努力成果時，我聽到微弱的垃圾車音樂聲，趕緊提了垃圾就衝出去。從我家跑到大馬路至少要兩分鐘，結果，我一樣沒趕上垃圾車。

突然好想陳乙東，想著那個從後面拿過我垃圾衝向前的背影。我不是把他當工具人，只是有點想念他，用這個來當理由。他忙完了嗎？他說不危險是真的嗎？還有那個他照片裡的女人……

我只能洩氣的再把垃圾提回家，累得喝水續命，然後坐在陳乙東組裝好的椅子上，看著窗外的白雲放空，想著怎麼年紀大了，體力會這麼差？不是才跑了一下？怎麼好像快要往生？

好不容易喘完，這次我又想起維妮，不知道她行李整理了嗎？還缺什麼嗎？需要我幫忙嗎？另一邊，也想著維倩，不曉得她轉正職了嗎？工作是不是順利？

想來想去，發現自己想念的人還真多。

等我想完一輪，回過神時，天都暗了。身陷在一片黑暗之中，我起身去開燈，轉身看到陳乙東站在外頭，我差點沒嚇死。嚇死不是因為他沒出聲，而是他又鼻青臉腫，然後袖子跟褲子又破了，上頭還有血跡，正悄悄的要把我剛才去倒垃圾回來沒關好的鐵門帶上。

我氣得大喊，「給我進來！」

陳乙東一臉被抓包似的轉頭看我，表情遲疑，他可能怕走進來傷口會更嚴重吧。但我沒讓他有選擇的時間，直接衝過去，把他拉到椅子上坐好，然後拿出醫藥箱，開始幫他擦藥。我承認我實在是很不爽，不爽到故意很用力。他痛到縮了縮手，一臉驚訝的看著我，好像是在說我技術怎麼變差了。

我整個更加火大，「看什麼看？」

他笑了出來，「很凶喔。」

「不是說沒危險？現在是怎樣？」

「本來很安全，是被暗算。」

「你不是大哥？大哥都很聰明不是嗎？」

他開始哈哈大笑。我真的沒客氣，棉花棒直接戳他正在流血的傷口。他痛到死命瞪著我，「妳不想幫我擦藥就別擦，我只是經過，看到妳門沒關，想說幫妳關好……」

「謝謝喔。」看他說得氣呼呼，我只好下手放輕一點。沒想到他還真的以為我怕他，繼續唸我，「不是說過很多次，晚上要把門關好，妳為什麼都沒有在聽？門開那麼大，是打算讓壞人進來嗎？」

我抬頭看他，想說他怎麼可以這麼理直氣壯。但他沒有發現我的眼神，繼續唸，「妳是不是又沒追到垃圾車？那兩包垃圾放在門口，這附近野貓那多，如果抓破了，垃圾都掉出來，妳是不是還要清一次？」

他突然伸手摸我的臉，「妳的臉是怎樣？油漆塗到自己臉上嗎？很誇張耶。」

我看他那麼碎唸、摸我臉的樣子，好有父愛，我真的忍不住開口問他，「你有小孩嗎？」

他把手縮回來，眼神好像在看神經病一樣，「當然沒有啊，妳問這什麼問題？」

「是真的沒有，還是你不知道有沒有？」

「沈維芯，妳是不是瘋了？」

「那你結過婚嗎？你現在有老婆嗎？還是曾經有過老婆……」

他直接伸手用力捏我的臉，像婆婆在虐待媳婦一樣，超級用力。我痛到口水差點流到他手上，氣到拍開他的手，「很痛耶。」

「誰叫妳在那邊亂問。」

「就問一下不行喔！不然你皮夾裡面那張照片的女生到底是誰？」我脫口而出的問題，頓時讓我們兩個面面相覷。他愣住了，我也傻住了，我那個口氣，好像在質疑男友錢包裡面怎麼可以放女生照片的現任女友。

如果照鏡子，此時此刻，我會指著我自己說：「妒婦。」

我看到他略帶驚慌的眼神，恨透自己的失控，馬上裝沒事的說：「當我沒問，你可以不用回答！」

我手忙腳亂的想拿繃帶紗布，結果他悠悠的吐了一句，「就初戀。」

我心一悸，然後當他在跟我閒話家常，我邊幫他包紮邊張大耳朵，等著他接下來會說什麼，但他遲遲沒再說。正當我以為這件事就要這麼過了，他又突然語帶感傷的說：「她現在應該在天堂了吧！」

我猛然抬頭，差點撞到他下巴，「你說什麼？」

他驚訝的看著我，「妳有需要這麼激動嗎？」

我馬上乾笑解釋，「沒有啊，不管誰聽到這種事，都會覺得很遺憾吧。」

他苦笑，「是很遺憾，我也沒有想到她會得腦癌。那時候，醫生說她最多只剩三個月，她連讓我陪她走最後一程都不願意，她說她只想要我記得她最漂亮的樣子，所以跟我提分手，然後我就再也找不到她了。」

我看著陳乙東，知道他是真的很愛那個女人，因為眼神、表情，就連嘴角的微微抽動，全部都是證明，證明那個女人對他來說很重要。就連這一秒，他眼睛裡的溫柔和遺憾，也全是給這個女人的。

但我只想知道，是不是哪裡搞錯了？

「你確定嗎？醫生真的說只剩三個月？搞不好那時候有找到其他方式，最後救活了也說不定啊！」

「醫生告訴我，真的救不了。」

但她明明還活著啊，難道還有另一種可能？

「她有什麼雙胞胎姊妹嗎？」

他一臉「妳沒頭沒腦在問什麼」的表情看著我，我只能尷尬笑笑的回應他，「沒什麼，就問問，不好意思。」

「沒有，她是獨生女。」

然後陳乙東把他們交往的過程，仔仔細細的跟我說了一遍。

他說她叫文珊。

八年前，文珊被壞人從身後搶走包包時，乙東剛好在附近，就主動幫她把包包追回來。陳乙東這個人一路走來倒是滿始終如一的，很喜歡幫人追東西。

接著，他們相處久了就發生感情，乙東一直很感謝文珊對他的包容，能夠體諒他人在江湖的身不由己。他甚至跟文珊求婚了，文珊也答應他。兩人在論及婚嫁的階段，文珊才檢查出自己身體有病，提出分手，乙東連她最後一面都沒有見到。

我看著乙東仍是一臉留戀和不捨，忍不住問他，「如果後來她沒死呢？」

乙東失笑的搖搖頭，「那她一定會來找我，因為我知道她很愛我。」

突然間，我什麼話都說不出口了。我想把自己看過文珊的事忘光光，搞不好她根本就不是文珊，只是長得很像的人而已。

對！一定是這樣，絕對是！

我振作精神拍拍他，「沒事的，都過了嘛！」

他好氣又好笑的說，「都嘛妳在問。」

為了轉移話題，我開始胡謅，「我好奇啊！你那麼會追垃圾車，又會照顧人，應該是好丈夫，想說照片裡搞不好是你太太嘛。」我後面還尬笑了好幾聲。

「我過去很希望是，但不是。」

「不是就不是，沒關係啊，再找就好了嘛。」

乙東只是笑著搖頭，沒再說任何一句話。我幫他包紮好，發現他腳踝腫腫的，伸手壓去，他悶哼了一聲。我直接幫他脫掉鞋子，他整個人慌到不行，很像古時候不小心被看到肚兜的少女，遮遮掩掩。

但我根本不理他的嬌羞，伸手再直接脫掉他的襪子，我看到他的腳踝腫得跟二頭肌一樣大，我傻眼，看著他，「不痛喔？還能走？」

他用沒什麼大不了的語氣說，「這還好吧？」

我才不管他說什麼，站到他面前，背對著他，「走，我背你。」

他嚇瘋了，慌張的說：「背去哪？」

「醫院！不然要去哪？傷口包紮我還可以，但腫成這樣，也不知道沒有傷到筋骨，一定要去照X光！」

「妳不要大驚小怪。」他說。

「你才隨隨便便！快點！」

「妳背不動。」

「試試看才知道啊！」

「不死心？」

「不死心！」我能活到現在就是靠這三個字，不死心！要我就這樣放棄是不可能的，我就是想看看，我能做到什麼地步。

接著我就聽到背後傳來重重的嘆息聲。然後他起身，趴在我背上，我用力的想要站好，但怎麼都站起不來。他笑了出來，「死心了沒？就說妳背不動。」

我轉身去抓過他的手，讓他搭在我的肩上，「那慢慢走，還是能到醫院，你別以為這樣就可以不用去了。」

他看著我，最後妥協的點點頭，「好，走！可以了嗎？」

當然可以。

於是，我就這麼扶著他，走到大馬路上攔了計程車，然後到最近的診所醫院掛號看診。等叫號的時候，他的手機震動。他看了我一眼，似乎是我不能聽到的內容，於是我起身丟了一句，「我去洗手間。」把空間留給他。

結果，我一走進洗手間，又看到照片上的文珊正在洗手，我差點沒嚇壞。她似乎發現我看她的眼神很奇怪，好奇的多看了我兩眼才從洗手間走出去。我快步的偷偷跟上，沒想到就看見一個男人帶著那個撞上我的小男孩。小男孩手上打著固定石膏，可能真的調皮出事了，不能活動自如，正苦著臉。

文珊拍拍小男孩說，「乖，今天再給醫生伯伯看一下。」

「不要，我討厭這裡。」小男孩都快哭了，「爸，我們回家啦！」

男人超有耐心的抱起孩子，「你不快點好，媽媽會難過。」

「可是在這裡我也很難過。」小男孩不甘示弱的回。

文珊裝生氣的跟小孩子說：「那你就不要搗蛋。媽媽也討厭醫院，可是媽媽都健健康康，沒闖禍也沒生病，所以就不用來，哪像你！」

什麼意思？她不是得過腦癌嗎？

文珊勾著丈夫的手，甜喊，「走吧！老公，你骨科的同事會讓我們先看吧？」

「放心，我交代好了。」男人回答著。

我突然覺得不對勁，這整件事真的太奇怪了。我抬頭看他們往骨科的方向去，頓時心驚膽跳，陳乙東如果看到早就該過世的文珊沒死，又嫁了老公，生了小孩，他會有多難過？

我衝過去，想趕在他們之前，先帶走乙東。沒想到，突然一個婆婆過來拉住我，明明就晚上，她還戴著墨鏡，問我，「婦產科往哪裡走？」

「對不起，我不知道。」我說完要離開，婆婆又拽住我，「那妳知道小兒科怎麼走嗎？」

「妳可以去問服務台嗎？」

她笑笑說，「我就想問妳啊，那妳能不能帶我去內科？」

這婆婆是在鬧我嗎？

我沒時間管她，甩開她的手要過去，偏偏她又從後頭拉住我。我死命的往前，她在後頭死命的拉，我真心覺得她該去的地方叫身心內科。就在陳乙東要和文珊她們一家碰上，我打算喊乙東，讓他往我這個方向看時，沒想到就在我要開口的時候，阿婆居然放手了。

她在我還往前衝的時候，放手了！

我就這樣直直的衝向前，然後整個人摔跌在陳乙東和文珊一家的中間。他們同時看著我，文珊人很好的想要伸手扶我，乙東也可能怕我摔死，所以也伸手過來。但下一秒，他們沒有人扶起我。

我只能自己站起身，就正好看到陳乙東和文珊互望著。我知道現在這個瞬間，整個世界只剩下他們兩個，我懂，我怎麼會不明白？言情小說都是這樣寫的。在這個重逢的時刻，他們注視著彼此，眼神交流著過去及現在。

千言萬語，盡在不言中的樣子。

然後在他們視線對看的空隙中，我望了過去，站在離我不到兩公尺的婆婆，正在看我。如果我沒有看錯，她居然在笑。笑點是什麼？是我摔得狗吃屎嗎？還是怎樣？

要不是她，搞不好我就能阻止這一切。

但就是來不及了，人生除了沒有後悔藥，也沒有馬後砲，我真的很想跟這個婆婆說，如果乙東有什麼三長兩……不，應該是說，如果他有因為跟文珊相遇而傷心，那我真的不會放過這個白目的婆婆。

我很少對老人沒禮貌，但這個婆婆，跟上次誆我買紅線的婆婆，都很讓人受不了。下一秒，婆婆拿下眼鏡，對我眨了個眼，我嚇一大跳，她不就是那個廟裡的詐騙集團？就是同一個人啊！

我沒有認錯，我現在才看到她腳上那雙紫色的拖鞋，就跟廟裡的阿婆一樣紫啊。我的天啊，現在是怎麼回事？

我想追過去找婆婆算帳，又想到陳乙東還在這裡，趕緊剎車。回頭看去，就見乙東的表情並沒有看到初戀還活著的那種感動和欣慰，比較像是被背叛的痛苦。

他拖著痛腳轉身走，文珊跟她先生不知道說了句什麼，就跟著乙東離開。

我坐在候診椅第一排，她先生坐在我後面，小男孩一直問他，媽媽去哪裡了，但他都沒有回答。我總覺得陳乙東和她先生似乎是認識的，至少曾見過面，因為乙東看著他先生的眼神是極度憤怒的，他教訓仇家也不曾出現過那樣的眼神。

我滿肚子的疑惑，大概有三萬個問題這麼多，但陳乙東沒有回來，就沒有半題能有答案。

差不多過了半小時，文珊過來了。帶著紅紅的眼眶，明顯哭過。我不時望著她身後，等著乙東也走回來，但一直沒有出現。我聽著文珊先生問她，「他都知道了？」

「我都說了。」文珊回。

「妳該不會全都老實說吧？」

「都那麼久了，怎麼可能不老實說？我其實一直很有罪惡感啊，我也很後悔當初為什麼要騙他說我生病了，直接說我不想跟他在一起就好了……」

我整個大傻眼，不敢相信。

「他混黑道的，要是知道我搶他女朋友，我不被他砍死嗎？而且我家是醫生世家，爸媽觀念那麼傳統，要是知道妳和混混有關係，還差點嫁給混混，怎麼可能讓我娶妳？」

我到底聽了什麼？頓時，我全身的憤怒都被點燃。用欺騙來成全自己的感情？看到小孩，都不會煩惱自己以後怎麼教小孩嗎？

我無法接受，直接轉過頭去對那個男人說：「把你兒子耳朵摀起來。」

他和文珊都愣住了。我乾脆直接跟他們說，「我現在要罵髒話了。」那男人馬上摀住小男孩的耳朵，我也馬上脫口說出所有我聽過最髒的髒話。不只他們，經過的人也都嚇到了。

但他們的震驚都遠遠不及陳乙東的震驚。

會把一個女人的照片放在皮夾裡十年，這是累積了多少的思念？想念沒辦法量化，因為那比一片海還深，比一片天還寬。而此時此刻，想念和愛成了炸彈，炸碎的卻只有陳乙東。

我罵完之後，轉身離開，我要去撿拾陳乙東的碎片。

但我幾乎快把整個醫院都翻遍了，都沒有找到他。我發誓，一定要想盡辦法弄到他的手機號碼，不然我真的會氣死。

就在我找到心灰意冷，打算先回家時，婆婆居然又出現了，直挺挺的站在我面前問我，

「小姐，妳要不要買紅線？」

抱歉，此時此刻，我真的沒有想要跟你在那邊敬老尊賢。

「妳到底有什麼毛病？」

「我身體還可以。」

「妳現在是針對我嗎？」

「對啊，不然這裡又沒有別的客人。」

「妳來看醫生還要順便做生意？重點是我都被妳騙過一次了，妳怎麼覺得我會再被妳騙第二次。」

她笑笑的說：「妳會。」

我深吸口氣，不斷告訴我自己，不要跟老人家計較，然後轉身要走。阿婆直接抽一條紅線，還想綁在我手上。我抽回手。她笑笑，「妳手上那條沒了，妳不想要緣分啊？」

我懶得理她，直接把錢包裡的錢全抽出來給阿婆，「很晚了，妳可以回家了，這些錢夠妳休息幾天了。我勸妳做生意要實在，不要這樣亂坑人，神明都在看。妳剛才拉住我的事就算了，真的希望不要再看妳。」

「妳一定會再看到我的。」

我咬牙，緊握拳頭，再一次放開拳頭，不能動手。我只能選擇離去。她又突然拉住我，「妳要跟我走同一邊嗎？那我們一起走？」

「我才不要。」跟她講沒兩句都要氣死了，跟她一起走，可能走到路口，我就氣到往生了。我故意選擇和她反方向。她給了我一抹微笑，我懶得理他，快步離開，沒想到走不到三分鐘，我居然在旁邊的小公園裡，看到坐在蹺蹺板上面的陳乙東。

他背對著我，我猶豫了一下，想著要不要過去。或許他現在需要的不是誰的安慰，而只想要自己一個人靜一靜？

最後，我決定離開。

畢竟我看到他背影都心疼到不行，如果再讓我看到他的臉，我比他先哭出來怎麼辦？不是很丟臉嗎？

就在我做好這個決定要走掉時，下一秒，他突然轉過頭來問我，「妳還要站多久？」

我要是正尿急，真的當場就尿褲子了，這位先生背後長眼睛？

他看著我驚訝的臉，很快就替我做了解答，「有影子。」他指了指地面上的影子，大刺刺的，就是我的樣子。

我都夠小聲了，結果輸給自己的影子。

我只好走過去，坐在蹺蹺板的另一邊，然後問他，「你想玩嗎？我可以陪你。」

他笑了一下，簡直比哭還要難看。

「你可以不一定要笑。」

「我沒事。」他說。

「你很棒。」

「妳在安慰幼稚園小孩？」

「你需要安慰嗎？」

他轉頭看著我，我也看向他，然後望著他如此落寞的臉龐，我忍不住張開雙臂。他愣了一下，笑了笑，這次的笑容就沒有那麼苦情。他沒有奔向我的擁抱，只突然冒了一句，「妳是不是什麼都知道了？」

我心裡一頓，好像上課被抓到偷吃便當一樣，「什麼意思？」

「剛在醫院裡面，妳會跌倒是要為了阻止我和文珊碰上吧？」他沒有給我解釋的時間，又補了一句，「妳早就知道她沒死吧？」他仍然沒有給我解釋的時間，「妳之前問我那些奇怪的問題，是因為妳全知道了吧？」

他加重語氣再問一次，「對嗎？」

我聽到他語氣裡有指責，我有些不高興，「我是去買東西的時候，碰到她帶著小孩。因為我看過她的照片，我知道那個人很有可能……不是，應該是說那個人就是她，她還是跟照片裡一樣漂亮。但我根本不知道她和你到底是什麼關係，我只能試探的問啊！」

「但妳知道了，還是沒有跟我說實話？」

我看著他，他看著我，我也不想找什麼因為後來發現他腳腫，所以沒時間說的這些藉口跟理由，我直接回答他的問題，「對，我不知道怎麼開口。」

他沒說話了，我反問他，「你是在怪我嗎？」

「妳應該告訴我的。」

所以他現在就是怪罪我沒有事先告訴他，讓他看到文珊，先以為自己看到鬼，後來發現不是鬼，是人，是一個騙了他十年的人。所以他該氣的人是我？這到底是什麼邏輯？

我氣到直接起身，深吸口氣，「對不起喔，我沒說，是我的錯。」接著直接離開。我走在回家的路上，真的是委屈到想哭。到底關我屁事？我就是說不出口啊，要怪盡量怪。

我氣到乾脆直接走路回家，順便發洩情緒，然後經過藥局，還是很不爭氣的進去裡面，問藥劑師怎麼處理腳腫的問題。買了一些藥膏跟貼布，買完之後又忍不住氣自己，我買這些幹嘛？

關我屁事啊？

我真的氣到好想大叫，但我沒有，我怕我會被抓去關，畢竟已經晚上十二點了。所以我忍下尖叫的念頭，但忍不住眼眶泛淚，可在掉下來之前，我就伸手擦掉，我覺得這樣的自己太沒志氣了。

然後一回到家，我氣得把那袋從藥局買回來的東西全部丟進垃圾桶。

接著去洗澡睡覺。躺在床上，拿著手機，好想找人講講話，最後還是放棄。從頭說起，又要再經歷一次這種難過，我沒有勇氣。關掉我和芷言、夢舒的訊息對話框，想努力好好睡一覺時，我的手機震動了。

我滑開手機，是維遠傳來的，約我明天晚上吃飯。

我好意外，原本鬱悶的心情，在這個時候得到一點點救贖，很快答應了維遠。放下手機，努力不去想陳乙東，不知道過了多久，我終於睡著，一覺到天亮，還超過中午，我整個人心滿意足。

但下樓時，看到那包藥膏，心情又頓時不好了起來。

也不知道他腳到底有沒有好一點？還是更嚴重了？有沒有去看醫生？有沒有買藥布貼？有沒有心情好一點……

我真的下一秒馬上大罵自己，「關妳屁事！」

然後，打起精神，繼續整理開店的事。沒多久，門鈴響了，我第一個念頭想的是：該不會是陳乙東吧？頓時，我驚覺自己怎麼有這種雀躍的心情，下一秒，先賞自己一巴掌。

是不是瘋了？開心什麼？人家昨天還在怪妳啊！

我收拾心情去開門，原來是咖啡機來了。簽收完成，本來要再關上門，但我看到小弟正好騎摩托車經過。本來打定主意不叫，但善變如我，不到一秒就朝著小弟背影喊，「等一下！」

小弟停車回頭，用他的雙腳倒車到我面前，「嗨，沈小姐。」

「你們家老大還好嗎？」

「他很好吧？」

「我是說他的腳沒事吧？」

「他怎麼了？」

「昨天不是又被打？」

「他被打？幹！一定是阿忠那群畜牲！」他氣急敗壞的說：「失禮，我要去解決一下事情，再見。」

我才正要問一下個問題，小弟催了油門，瞬間不見人影，只留下一團團的白霧。

我只好回去忙自己的事，開始試用咖啡機，滿屋子的咖啡香稍微治癒了我的心。我調了幾種不同咖啡豆的比例，把配方寫下來，再打開 Podcast 聽赫拉。時間一下就過了，當我回過神時，已經將近晚上六點了。

我趕緊整理收拾，沒忘記晚上要跟維遠去吃飯。迅速換了套衣服，準備衝出門時，一打開，就看到陳乙東正要按我門鈴。我們兩人對看，氣氛頓時有些尷尬。他清清喉嚨問我，「妳要出門？」

「怎麼了？」

「來跟妳道歉，昨天我情緒不好。」他說得好誠懇，我當下真的很想跟他說沒事、沒事，我真的沒事，你沒事我沒事，真的，我沒有怪你。但又覺得自己不能那麼委屈，轉身進屋裡，把下午多做起來配咖啡的餅乾拿給他，想說他這幾天忙，應該沒時間去看孩子，本來打算明天要去。但既然他回來了，比起我，孩子們應該更想看他吧。

「這給孩子們的。」

他接了過去，「謝謝。」

「沒事的話，我要出去了。」

我們又對看一眼，兩個人仍是各有各的彆扭。我實在很討厭自己這樣，以前看電視劇都覺得女主角在那邊小劇場很瘋，現在發現最瘋的是我自己。我轉身要出去的時候，他突然說：「我去看過醫生，腳沒事了，都消腫了。」

太好了，剛好逮中，我終於可以回他那句，「關我屁事！」

然後他笑了出來，指著被我丟掉的那包藥局袋子，「這不是妳要買給我的嗎？」

我好像臉上被打一巴掌，整個臉頰都燙起來，支支吾吾，「那是……」我根本沒想好理由，這麼短的時間，我真的是不知所措。

他走到我面前說了一句，「謝謝。」

好啦，反正都被拆穿了，我真的也沒什麼好在那邊假裝，「算了啦，沒事就好。」

他笑了笑，今天的笑容看起來比較正常。我意思意思關心一下，「心情好多了嗎？」

他點點頭，「昨晚是有點過不去，但想想也沒什麼好過不去的。像我們這樣的人，本來就不被接受的。我也知道很難給她什麼保障，每天出去，有沒有命活過一天，也很難保證。她想追求穩定的生活，她也沒有錯，是我給不起。我只是一直想不透，我們在一起四年，她不知道我的為人嗎？何必為了離開我說那麼大的謊……我當然還是希望她幸福。」

我伸手拍拍有些洩氣的他，「欸，你不要被一個謊話打倒。」他一愣，我繼續說：「你不是很能打嗎？把那些不開心的事都打回去啊。天底下女人那麼多，再找就有了，她要幸福，你也可以幸福啊。」

他苦笑搖頭，「妳錯了，幸福是要有資格的。」

我馬上回他，「是啊，每個人都有幸福的權利，就是有資格幸福的第一步，我有這種權利，你也有，你不要放棄！」

我很認真的看著，真的希望他能聽進去，任何一種人都可以幸福。

可是他沒有回答我，只是敷衍我，「妳不是要出去，我送妳去吧！」

接著他把垃圾桶的那袋藥撿起來，笑得很帥的跟我說，「妳買給我的，不能浪費。」然後先走了出去。

我頓時心跳加快，很想衝過去抱住他，抱住那個落寞的背影。

但我沒有，我只是突然覺得事情真的很不妙。

我竟然對陳乙東有了非分之想。

怎麼辦？

喜歡一個人要準備什麼？

第七章

陳乙東送我去餐廳的路上，我還在調整我的情緒，一直不敢看他。結束他就非要在這時候跟我搭話，平常省話一哥，現在機關槍。

「妳怎麼那麼安靜？」

「不然要敲鑼打鼓嗎？」我不敢看他的臉，只敢看著窗外。

「妳還在生氣嗎？」

「沒有，有什麼好氣的。」

「那妳為什麼不說話？」

「要說什麼？」我真的忍不住轉頭給他一個白眼，只見他對著我笑。我真的好想呼自己兩巴掌，怎麼突然間覺得他笑起來這麼好看。我迅速的把頭再轉回去，他可能覺得很莫名其妙，但我實在無法跟他解釋太多。

到吃飯地點附近，我要他先讓我下車。他一臉質疑，「不是還沒到？」

「就在前面的火鍋店，我走過去就可以了。」

「那我車開過去不就好了。」

「我就想先下來走走啊，不能散步喔？」我其實是在氣自己，都幾歲了還這樣鬧彆扭。但一不小心音量太大，再加上他錯愕的表情，他整個人顯得很無辜，默默把車子停到路邊。

我趕緊對他說：「對不起，謝謝！」慌慌張張拿了包包就下車，趕緊往前走。確定他車子從我旁邊開過去，我才鬆了口氣，站在原地深呼吸幾口氣，走向火鍋店。

我一進門，就看到維遠等在裡頭那桌。我趕緊走上前，他正好把電話掛掉說：「我才剛要打給妳，想說妳怎麼還沒來。」

「就剛好有事耽誤了一下。」我拉了椅子入座，看著桌上有四副碗筷，有些意外，才想問維遠時，就聽到維妮的聲音喊，「哥！」

我回過頭去，正好跟維妮四眼相對，維妮愣住了，我也是。下一秒，我們大概知道為什麼了，同時轉向維遠。維遠像是早就做好準備一樣，一臉的不以為意，「維妮要去香港工作了，大家一起吃頓飯啊！」

維遠說完，幫維妮拉了我對面的椅子，維妮掙扎了一會兒才入座。其實我有做好她會扭頭走人的心理準備，我看著她，但她眼神沒有放我身上。如果是以前的我，可能就會拉著她，請她聽我說，這次我沒有。

我沒急著想說我說的，我只想聽她講她沒說完的。

但我想，她連看都不願意看我一眼，應該也不會想多講什麼。大家一起吃頓飯的前提之下，是所有的人都願意。維妮只是想出來跟維遠見面，沒想到也會見到我。我相信，此刻她應該很氣維遠。

所以我有點想離開，我不想讓維妮因為看到我而覺得不開心。

我才剛想跟維遠說要先走，維遠突然朝著我身後揮手。我和維妮往相同方向放眼望去，就看到維倩快步走來。我很意外維倩也會出現，但最意外的是，她朝我走來的第一句就是，

「妳為什麼要那樣做？」

她氣呼呼的瞪著我，「妳為什麼要故意讓蜜蜜借錢給我？妳是不是覺得我很可笑？妳幹嘛管我？」

事跡敗露了。

我還沒開口，維遠就先問維倩，「有話好好說，妳那麼大聲幹嘛？」

「你問大姊啊！我有叫她借我錢嗎？」她說完，又繼續對我生氣，「我講過幾百次，我已經出社會了，我自己會賺錢，我今天就算需要錢，也會自己去處理，妳現在把錢給蜜蜜，讓她出面來借我，妳是有多看不起我？」維倩說到都快哭了。

我才想回應時，維妮突然往桌上一拍，「妳是夠了沒？吵什麼吵？是多了不起的工作，還要妳拿十萬出來才有辦法轉正職？別人勸妳，妳都不聽，一點分辨能力都沒有，出社會有個屁用？」

維倩惱羞成怒的吼回去，「關妳什麼事？什麼時候輪到妳來管我？」

「誰愛管妳？只是看不慣妳在這裡大小聲而已，丟臉。」維妮冷冷的回。

「對！妳最不丟臉，從高中就拿獎學金，什麼都會，妳最行，妳最了不起。」

「比起妳，我是滿了不起的，至少我十八歲開始就自己打工賺錢，沈維芯什麼事都幫妳做得好好的，妳就真的以為自己是掌上明珠是不是？不好意思，爸已經死很久了！」

維遠想上前去勸，我反倒拉住他。

維倩咬牙反諷著，「好笑了，妳寵過我嗎？妳幫我做過什麼嗎？以前有功課要問妳，妳就只會叫我走開。姊叫妳幫我送便當，妳就只會丟在傳達室。我生病不舒服的時候，姊叫妳帶我去看醫生，妳就只會丟藥給我吃！」

「我都吃合作社的麵包，妳有便當吃還嫌什麼嫌？我生病也沒有人帶我去看醫生，我還要自己找藥吃！妳不舒服、生病的時候都有人陪，但我不管什麼事都是自己處理。請妳自己學著長大好嗎？不要只長年紀沒長腦子！就只有沈維芯會拿錢叫別人借妳，換作是我，我連理都不會理，妳就是該狠狠跌一跤！」

維倩頓時失控的大喊，「沈維妮！」然後衝上去抓住維妮的頭髮，兩人扭打起來。

維妮氣炸了，邊打邊罵，「妳真的是有夠不知好歹，身在福中不知福！」

「妳就是討厭我！」維倩死命拉扯維妮頭髮。

「對，我就是討厭妳，從妳五歲開始就討厭妳！」

「我知道，因為妳跟大姊說過，妳恨那個女人沒有帶走我！」維倩說完，維妮頓時停手，我在這一秒也愣住了。

十幾年前的回憶再次翻湧而上。我想起了我第一次和維妮大吵一架，就是維妮高中畢業典禮那天。本來我說好要參加，還答應給她送一束花，結果因為維倩生病，我只能在家照顧她，所以那天我沒有現身。

維妮因此和我起了爭執，那天她說了一句，「為什麼王貴珍要走的時候不把她帶走，沈維倩是她女兒，到底關我們什麼事？」

我記得我回她，「維倩也是我們妹妹。」

然後維妮哭著說了一句，「從今天開始不是了。」

那次她和我冷戰了好一陣子，一直到她要到台北上大學的前兩天，才開始有一搭沒一搭的說話。我以為吵過就算了，以為感情是能修復的，只是沒想到傷害仍然還在。而那天我以為生病在睡覺的維倩，也聽到了。

維倩推開維妮，崩潰大哭，「妳不還說妳不是我姊了？那妳管我幹嘛？我也知道我不應該存在，可是我就是被丟下來的人啊，我不知道我能去哪裡，我又沒選擇的權利，我也覺得很對不起大姊啊，所以我想要獨立，但我就是沒有妳厲害，我就是蠢、我就是笨！」

維倩哭喊完，抹抹眼淚，對我了說一句，「錢我會想辦法還妳。」然後轉身離開。

維妮看了我和維遠一眼後，包包拿著也轉身走人。維遠整個人傻在原地，其實不只他啦，全火鍋店的人都傻住了好嗎？

我其實心裡很慌張，但比起慌張，更多的是欣慰。

早該吵開的事，一直悶在那裡，我無時無刻都想不清的答案，現在都有解答了。我深吸口氣起身，拍拍維遠說了一句，「對不起。」

他這麼辛苦安排的飯局，被十幾年前的我給搞砸了，一切的誤會和埋怨都從我處理不當開始。我無法多說什麼，只覺得當初自己那麼努力，最後成了這步田地，令人非常絕望。是對我自己絕望。

我轉身要走，就看到乙東站在後頭。真是有夠巧的，每次我家吵架都能被他看到。家醜不可以外揚，他偏偏欣賞了每一次我的家醜。他走向我，把手機還給我，「掉在車上。」

我接過來，說了聲謝謝，快步離開火鍋店。我知道陳乙東跟在我後面，於是我轉頭跟他說，「我想自己一個人。」

他沒有再跟過來。我也不知道要去哪裡，走著走著，晃著晃著，最後我到的地方是維妮家樓下。我拿起手機，想著各種理由，好讓她能下來見我一面。最後我什麼理由也沒用，傳了訊息給她，「我有話要跟妳說。」

我就這麼張大眼睛等著訊息變成已讀。過了半小時，維妮讀了訊息，但她沒有回。我又等了半小時，才看到她從另外一邊走來，像是剛回家的樣子。她沒看我，經面我眼前的時候，丟了一句，「我什麼都不想聽。」

然後拿著感應卡刷門進去。

門砰的一聲關上，但我還是想說，不管她有沒有聽到，我就是對著門口說。

「我沒有要替自己辯解的意思，是我的錯，是我沒照顧到妳的心情。爸走了，阿姨也消失了，留下那麼小的維倩，我每天都害怕自己把她給養死，所以我不自覺把所有注意力放在她身上。妳說得對，我只記得妳是維倩的姊姊，但我忘了妳也是我妹妹，我真的忘了，忘了好好抱抱妳，關心妳，所以妳會和我有距離是正常的，妳有事不肯告訴我也是正常的。妳氣我、討厭我，甚至決定離開台灣，或是永遠都不想看到我，我都可以理解。」

我忍著眼淚說了一句，「維妮，我只希望妳快樂，我真的很愛妳這個妹妹。」

接著我深吸口氣說：「妳可以怪我，但妳不要怪維倩，她是最無辜的。媽很愛妳，媽用命生下了妳，就知道她有多愛妳。可是阿姨卻沒怎麼照顧過維倩，我只要想到維倩知道自己是被親生媽媽拋棄的，我就會忍不住心疼她，也可能是因為這樣，不小心疏忽了妳。但不管接下來妳在哪裡，都不會改變我們是家人的事實，只要妳還是把我當姊姊，那我一輩子都會是，也一輩子都會在。但如果沒有我，妳會比較快樂，那也沒關係，我知道妳會好好的就好。」

我不知道自己還能說什麼，站在門口很久很久，我還是對著門說一句，「對不起。」

當然門裡面沒有傳來任何回應，一切都是我喃喃自語。我只能苦笑一聲，轉身離開，在大馬路上遊晃。拿出手機想找人說說話，才發現維遠打了好幾通。我怕他擔心，但又不想勉強不想說話的自己，傳了訊息給他，「我沒事，你早點休息，明天還要上班。」

然後傳訊息給芷言和夢舒，沒有人讀，當然也沒有人回，大家都各有生活要忙。我打消了找人訴苦的念頭，人生所有苦痛都是自己的，就算說了，也還是自己的，我得自己消化。

回家路上，我隨便找了間酒吧進去，自己一個人喝起酒來。想到維妮就喝一杯，想到維倩也喝一杯。啤酒喝到肚子好脹，卻沒覺得有什麼醉意，就只是想吐。我只好去廁所挖吐，酒錢全倒在馬桶裡了。

我不甘心。

就像我不甘心，為什麼明明很努力，可是什麼事都做不好？我難道天生失敗者嗎？我爸媽過世，我白手起家，我認真過日子，結果卻是這麼悲哀，我連笑我自己都沒有力氣。

於是我不喝啤酒了，直接點了最容易醉的酒。

在酒保要遞給我的時候，被別人搶過了，我轉頭看去，是陳乙東。

我以為我看錯了，「你哪位？」

他淡淡看了我一眼，然後對酒保說：「給她啤酒就好。」

這次不是真的想問他是誰，而是真的非常不爽的拍桌大罵，「你哪位？我喝什麼關你什麼事？而且你怎麼知道我在這裡？」

然後小弟突然從陳乙東身後跳出來，「這乙東哥地盤啦，是我在附近巡場子剛好看到妳，看妳一個人進來喝悶酒，只好叫老大來當護花使者啊！」

「你們自己命都顧不了，還當什麼護花使者？」我冷笑。

結果小弟生氣了，好像想找我理論的樣子，最後被陳乙東趕走，接著他拉起我，「妳醉了，我送妳回去。」

「我不要！」我搶過他手上的酒，直接一口喝掉，差點沒哭出來。我的喉嚨像發生森林大火一樣，燃燒灼熱，我覺得自己要死了。陳乙東知道我很痛苦，遞了杯水給我，我馬上就喝掉，這才有一種再活過來的感覺。

「不是很厲害？不是很愛喝？」他冷冷的反嗆我。

他這麼一說，我突然哭了出來。我不知道自己在委屈什麼，但就是覺得好委屈、好委屈，我整個人趴在吧台上痛哭出聲。

哭了好久好久，久到我好像因為那杯烈酒而開始頭暈，哭不出來。隱約聽到酒保的聲音，「乙東哥，她好像醉了。」

我氣得抬頭，「我沒醉！」

然後差點跌下椅子摔得狗吃屎，幸好陳乙東拉住我。

「妳真的是……」他有些不開心的唸。

我順著他的話說：「真的很沒用，我知道，我都知道，你也都知道啊。我每次丟臉的時候，都被你看光光，我在你面好像沒穿衣服一樣，好赤裸！我不喜歡這樣，我不喜歡讓你看到我這樣……很丟臉，真的很丟臉。」說著說著，我又想哭了！

他伸手很用力擦掉我的眼淚，「有什麼好丟臉的，至少妳有家人，有弟妹可以吵架，我自己一個人，想找人吵都沒辦法。」

我笑笑的拍他臉，「屁啦！你仇家那麼多，去找他們吵啊，你也可以找我吵，我們是朋友嘛，你愛怎麼吵，我就跟你怎麼吵，你說好不好！」

他沒好氣的揮開我的手，「我在跟妳講真的，妳很棒，妳是很好的姊姊，妳不要懷疑妳自己！」

我眼淚又掉了出來，「如果我很好，維妮和維倩為什麼都討厭我，甚至是因為我，才害維妮恨維倩，我就是爛，我就是！」

我頓時一陣想吐，乾嘔了兩下，馬上就聽到附近的人此起彼落的驚慌聲。下一秒，我被陳乙東拉了出去，一到室外，涼涼的空氣朝我吹來，我頓時舒服許多。但這好風景根本不到十秒，我低頭就吐了，幸好腳邊是水溝。

陳乙東怎麼那麼厲害，超會算。

他拍拍我的背，我又繼續吐了兩、三次，陳乙東忙說：「我進去拿衛生紙和毛巾給妳，妳不要亂跑有沒有聽到？」

我只能點頭，看著他奔進酒吧的背影，我很想問他說，我是能跑去哪？我連跑的能力都沒有了好嗎？我整個人吐到暈，搖搖晃晃想找個地方坐，結果左腳踩右腳，整個人直接摔在地上。我覺得很痛，但我卻笑了。

這不就是我人生最佳寫照嗎？

自己造的孽，自己害自己的。

我努力站起身，再往前走一步時，才發現我的涼鞋壞了，帶子因為我剛那一摔，就這麼斷了，我現在連鞋子都沒有了。

陳乙東拿了毛巾過來幫我擦臉，然後擦手，看到我手上有傷口，傻眼的問：「妳剛才跌倒了嗎？」

我笑了笑，把鞋子踢到他面前，「連鞋都壞了呢！」

他「嘖」了一聲，把我的袖子往上拉，手肘的擦傷也讓我痛得「嘶」了一聲，沒好氣的抓起陳乙東的手就咬一口。他生氣的抽回手罵我，「我最討厭喝酒亂發酒瘋的人！」

「沒關係，你討厭我，反正很多人都討厭我！」

他重重嘆了口氣，「走吧，我送妳回家。」

「不用，我想自己走回家！」我說完，赤腳轉身要離開，但下一秒，我已經被他拉到他背上，然後他一把將我背起來。

我想掙扎，他馬上警告我，「不准亂動！再動我就把妳直接丟到對面公園的水池！」

我馬上停了下來，因為我不知道水池有多深，我不會游泳。

我只好這麼趴在他的背上。他知道我安分了，便說：「車停得比較遠，要走一下。」

也不知道是他的背特別溫暖還是怎樣，我總是暖得想哭，然後眼淚就不自覺掉到他肩膀上。他知道我在哭，但也沒勸我別哭，我們就這樣靜靜走著，我就漸漸完全不醒人事了。

當我再次醒來，並不是在我家，我意識到自己在一個陌生的地方，直覺想要逃跑。結果一下床，又跌到狗吃屎。我整個人全身痠痛，頭像被砂石車碾過，身體像坐幾次自由落體在空中被拉扯般虛脫無力。

下一秒，我就一把被拉起，陳乙東一臉莫名其妙的看著我。我看到是他，開心的直接抱住他，他被我嚇到，急忙推開我問：「妳幹嘛？」

「我以為我被撿屍了。」

他賞我一個華麗麗的大白眼，「鬼才要撿妳。」

他口氣不屑到我忍不住發火，「怎樣，我有差到這個地步嗎？」

「妳昨天在我背上吐了三次，回我家又吐了兩次，睡到中途又吐了一次。妳就算被撿走，也會馬上被丟在路邊。」

我傻住了，我居然吐這麼多次，然後完全不知道。但最重要的是，「這裡是你家？」

我打量了四周一圈，乾淨簡單，就像飯店房間一樣。我甚至懷疑衣櫃打開裡面根本沒東西，就一只他的行李箱。感覺不是住在這裡，而是暫時住在這裡。

「超不像家的。」

「就是睡覺的地方。」他說。

但我還是很好奇，「我以為你會送我回去。」

「我在妳包包裡找不到鑰匙。」

我愣了一下，趕緊翻我的包包，馬上在暗袋裡找到大門鑰匙。他無言的看著我，「不過是鑰匙，妳搞得跟藏金條一樣。」

「我就習慣放暗袋啊！」

我說完，他就丟了一套衣服給我，「換起來，出來吃早……不！一點了，是午餐。」

我馬上倒抽一口氣，「居然一點了？我就這樣睡到現在？」

「怎麼了嗎？妳有事是不是？」

我搖頭，我又沒有人約，又沒工作，怎麼會有事？然後我低頭，不小心瞄到身上的衣服，是件大T恤，跟超長運動褲，根本不是我昨晚穿的那套。我瞪大眼睛看他，他冷冷的說：「放心，想打妳都來不及了，根本沒什麼非分之想。」

突然間，我竟然覺得有點惋惜。

「妳那是什麼臉？」他不解的看著我。

我當然馬上翻臉，怎麼可以讓他看到我覺得可惜的表情，「說你不識貨啦！我要換衣服了。」

他笑了笑，轉身走出去，我才開始換起衣服，發現我手掌、手肘的擦傷都上了藥，這驗證了一句，「出來混，早晚要還的。」之前都是我幫陳乙東擦藥，這次角色互換了。

我拿起衣服要換，看到居然是件低胸洋裝，整個傻眼。他的眼光常常讓我不解。

我無言以對，在房裡大喊，「我原本的衣服呢？」

「送洗了，沒那麼快好！」他在門外回我。

好吧，我只好換上那件洋裝，然後很尷尬的走出去，看到他的客廳連接廚房，只能說更像飯店了，東西怎麼可以少成這樣子？

他把盛好的白飯放到餐桌上，轉頭要喊我吃飯時，看到我穿這件洋裝，瞬間愣住，然後不知道是嫌棄還是生氣的說：「這什麼衣服？」

「你叫我換的啊。」莫名其妙。

「這件？」

我白眼瞪他，「你是失憶喔？」

「不是，怎麼這麼露？」

「我也才想問你，怎麼挑衣服眼光這麼差？」

「阿才買的。」他也無言，然後馬上走進房間，再出來時，手裡拿了件運動外套，直接套到我身上，「穿上。」

我感激的望著他，然後把拉鍊拉到最上面，跟他一起走到餐桌。看見滿桌子的菜，我好驚訝，「你會做菜？」

「我會叫外送。」他一臉疑問我是不是不知道世界上有 foodpanda 跟 Ubereat 的表情。

是我的錯，我多心了。

可能是昨天胃裡東西都吐光了，一看到食物，我肚子就開始叫了，我不停的吃，他也不停的幫我挾菜，我們沒什麼對話，就是一直吃飯，他看起來胃口也不錯。接著，他剝了兩隻蝦放到我碗裡，我很意外。

「你看起來不像會幫女生剝蝦的人。」我說。

「不就剝個蝦子，幹嘛大驚小怪？」

「稱讚你也不行？」

「謝謝喔！」他學我的口氣，一臉得意。我瞪了一下他，他又挾了塊魚到我碗裡，「這部位沒魚刺，放心吃。」

他做了我會對弟妹做的事，我覺得被照顧的感覺好像在天堂。他看著我，又忍不住說，「妳幹嘛傻笑？」

我突然忍不住拍拍他，很想給他鼓勵，就像他一直陪著我一樣。「你一定會遇到很好、很愛你的人，因為你真的很好。」

他愣了一下，苦笑著搖搖頭，「妳是不是還想吃蝦子？」

「我是說真的！你不要被以前的事影響，那都過去了。」我希望他聽得出來，我是想告訴他，一個文珊真的不算什麼，文珊已經是八百年前的事了，文珊真的在他人生裡不重要了。他要走出來，迎接自己的幸福。

「我知道，那天跟她講完就過去了。」

我欣慰的點點頭，然後就聽到他說：「為了不要再發生這種事，我還是不要害別人比較好，自己一個人比較安心自在。」

「不結婚？」

「不結婚。」他說。

「不談戀愛？」

「不談戀愛！」他堅定的說。

「如果真的遇到很喜歡的女生怎麼辦？」

「她永遠不會知道我喜歡她。」他這樣說。

我是沒有覺得天崩地裂啦，但就是心裡悶悶的。悶的感覺不是我可能沒機會，畢竟我也還在釐清我對他的喜歡到底是怎麼回事，可能是在當下那個氛圍裡，我不小心動心了一下而已。

我現在心悶的是，他怎麼如此讓人心疼。

「吃飯！」他沒打算讓我想太多，提醒我動筷子。

可是我還是忍不住想問：「你就不能別當老大了？你換個跑道就沒事啦！」

「這圈子不是妳想的這麼簡單。」

「你就真的一點選擇權都沒有嗎？」

他很快的回答我，「沒有，我這條命不是我自己的。」

「你欠你老大錢嗎？還是說他對你有恩？」

「妳知道黑道電影裡，通常第一個死的是誰嗎？」我很認真的想了想，但沒有頭緒，只能搖搖頭，他看著我說：「知道很多秘密的人。」

我瞪了他一下，他笑了出來，然後正經八百的告訴我，「我的事妳不要知道太多，也不要問。以後萬一有什麼事，妳就什麼都說不知道就好，甚至說妳不認識我也可以。」

我馬上大聲回他，「不會有什麼事！絕對不會！」

他眼神複雜的看著我笑了笑，沒說什麼，繼續吃飯。但我就是不死心，「還是讓我跟你老大見個面……」

「沈維芯！」他口氣冷肅的喊了聲我名字。

我只好繼續吃飯。我想說老人家都還滿喜歡我的，如果那天車上的老人是他老大，那我覺得我們應該可以聊聊，想問他，「要出多少錢，才能放乙東自由？」電影不都這樣演的？

然後，我可能就會被老大開槍殺死。

所以我也只能想想。雖然我沒把自己活得多好，但我這條命還沒打算那麼早結束。

因為沒說話，我們很快就吃完飯了，收拾完，他才剛說：「我送妳回家。」結果下一秒，他電話就來了。

他看了我一眼後走到房裡去接，不到一分鐘後又出來，「我有重要的事……」

「我自己回去就好，你忙。」我對他揮揮手，快速的拿了包包要走。但在關門前，我還是忍不住回頭，對他說一句，「注意安全，要小心！」

他愣了一下，對我微笑點頭，「妳走出去，一直往下走就會到了。」

「好。」我也給了他一個微笑。

然後我開門走出去，一到外頭，我才發現他就住在老大家隔壁的公寓我下樓，看到小弟正要進門，他看著我說：「沈小姐，昨天喝很醉喔。」

我尷尬笑笑，好奇問他，「這你們員工宿舍喔？」

「妳要這麼說也可以啦，我要去找乙東哥了，再見啦！」我點頭。他快步上樓，和我錯身而過，然後在我身後吹了個口哨說：「小姐水喔！外套脫掉會更水啦！」

我笑了出來，沒覺得這是什麼性搔擾，就是屬於他們這圈子的讚美吧。

我邊散步，邊往下走，剛要走到家門口，我就聽到有人大喊我的名字。我嚇了一跳，頭再往前一探，竟看到芷言和夢舒站在我家門口對著我揮手，我趕緊跑了過去。

「妳們怎麼來了？」

「妳怎麼都沒有看手機？」芷言生氣的問。

我趕緊從包裡拿出手機一看才發現，「我手機沒電了。」

她們兩個一副想揍我的表情。夢舒說：「昨天妳傳訊息來的時候，我在做治療，芷言在看電影，後來我們回，妳就一直沒出現。我們打電話妳也不接，真的快把我們嚇死了。」

「沒事。」我說。

她們兩個同時一臉不信的說：「沒事妳才不會傳訊息。」

芷言拉著我問：「到底怎麼了？妳剛才去哪？」她眼神往下一看，傻眼，把外套拉鍊拉開，「妳穿這是什麼東西？很可怕耶！」然後芷言發揮她非常人的想像力說：「妳是不是缺錢？」

「啊？」

「妳是不是背著我們在援交？」

我馬上笑出聲，而且是大笑那種，「妳看過快四十的女人援交有市場嗎？」是不是太高估我了？不！芷言是不是瘋了？

「妳穿這件，真的很像風月場所的制服耶。」

「我昨天喝醉，這是人家先借我的。」

然後她們又大叫一聲，「那妳還說沒事！」

接著我就被她們拉進屋裡，一五一十把我昨天發生的事全交代清楚。她們兩個又是一臉為難的表情，「妳真的是很倒楣，怎麼做都不對。」夢舒幫我重重嘆了口氣。

「這都是日積月累的問題，沒有誰對錯，只能看是誰更願意體諒、更願意溝通而已。維妮可憐、維倩可憐，妳也很可憐。」

「所以妳就要這麼讓維妮走嗎？」

「不然呢？」我能怎樣？

「把話說清楚再讓她走啊。」夢舒說。

芷言搖搖頭，「我覺得這已經不是說不說清楚的問題。而是維妮心裡那個結，除了她自己，沒有人可以打開。我不相信她不知道維芯有多愛她，就是心裡那股氣放了太久，現在爆發出來了，就讓她自己去想想。她可以選擇只看自己的委屈，但如果她願意多看一點，她會發現，其實大家都很委屈。」

夢舒重重一嘆，又繼續問：「那維倩呢？她那麼小聽到那樣的話，心裡陰影一定很大。」

芷言看了我一眼，忍不住唸，「而且我真的覺得妳不應該透過她朋友借錢給她，妳要嘛，就直接跟她說。如果我是她，真的會有種不被尊重的感覺，會覺得：不然我是很難溝通嗎？為什麼不直接跟我說？」

「可是維倩個性也很硬好嗎？我覺得這真的不能怪維芯。但說實在，我也不會拿那十萬出來，跟丟進海裡一樣，有去無回。我會直接檢舉他們公司。」這個風格，真的很夢舒。

我就聽著她們兩個人一人一句。她們很公平，誰都唸，連維遠也沒放過，但就是唸唸，唸完會說一句，「算了啦，這就是人生啊，大家都要看開一點。」

四十歲女人的安慰，就是這麼樸實無華，叫妳自己看著辦的意思。

這我也知道，我這快四十年的日子，也是沒有白活。

家裡的事說完，她們很受不了的看著我的衣服，「妳先把這件換掉，我眼睛真的很不舒服，他眼光真的很差。」

我馬上反駁，「不是他！」

「緊張什麼，都不能說一下？」芷言故意調侃我。

我知道她們想知道什麼，很誠實的把昨晚發生的事告訴她們，包括我被帶到陳乙東家，但什麼都沒有發生的事實。可我對陳乙東的心情，我沒打算講，我的感情，只需要對我自己坦白就可以。

但很妙的是，她們也沒有繼續逼問。

芷言只是問我，「妳晚上有空嗎？」

我笑了笑，「我看起來像很忙的人嗎？」

「怕妳要去找維倩。」

我搖頭，「她沒先氣個三天是不會結束的，要幹嘛？」

「妳記得妳國中時暗戀的那個學長嗎？」

我想了想，「你是說長得很像木村拓栽那個籃球隊隊長嗎？」芷言用力點頭。

我們倆對看，會心一笑。夢舒沒有參與到我們的國中時期，無法參與，拉著我們狂問：

「誰啊！到底是誰啦？」

芷言笑笑的說起過去的事。她大我一屆，但我們是鄰居，所以在學校也很熟，我常會去她們班上找她玩。國一新生時，我的掃地區域就是大門口進來的地方，所有人上課都會經過。

那時候，學長一走進來，我真的馬上被電暈，我才知道什麼叫喜歡，就這麼喜歡上了那個學長。原本只是跟好同學講，結果傳了一輪，再一輪，全校都知道了。剛好學長是芷言的隔壁班同學，所以芷言都會把我拉去她們班上玩，順便等學長回教室。

我是屬於那種一天只要看學長三次，就會心滿意足的。

後來都不能叫暗戀了，畢竟大家都知道，只要學長在哪裡，就會有人過來跟我說：「芯芯，木村學長在圖書館！」「芯芯，木村學長在回收室！」所有人都在助攻，學長也知道我喜歡他，每次見到我，總會給我一個微笑。

我想著，既然他知道我喜歡他，而他又會對我微笑，應該也是喜歡我吧？

結果國二下開學典禮那天，所有人都看到學長和三班的班花有說有笑。那天起，我失戀了，幾乎全校的人都安慰過我一輪，大家都用同情的眼光看我，我就是那個被拋棄的人。

但還好我先失戀，所以學長畢業時，我已經不那麼難過了。畢業典禮結束那天，學長把我找過去，送了他最喜歡的一枝鋼筆給我。他跟我說：「妳很可愛，謝謝妳喜歡我。」

我那時候感動得都快哭了。

但芷言不以為然的說：「可愛就跟妳交往啊，說什麼屁話。」

可是我那時候也沒覺一定要跟學長在一起，就只是好喜歡。喜歡一個人的感覺，只要看他笑，我就好像得到全世界一樣。

突然，陳乙東的臉在我眼前跳了出來，我嚇得大叫。

芷言和夢舒也被我嚇到。夢舒撫著胸口說：「妳幹嘛啦？」

我怎麼好意思跟她們說我想到陳乙東了？只好趕緊轉移話題問芷言，「妳怎麼突然問學長的事？」

芷言笑笑的拉著我，一臉不懷好意，「妳知道嗎？我昨天辦活動的時候遇到他了！而且他剛離婚，妳有機會了！」

芷言興奮不已，就連夢舒也是。

可怎麼辦？我現在想的還是陳乙東啊。

死定了，

我這顆不受控制的心，有些危險了。

第八章

但我也不知道到底怎麼回事，我居然就這麼坐在餐廳的位置上，等著那我曾暗戀過學長。我甚至是昨晚芷言提醒，才想起他的名字是王正豪。因為那時候，我們都喊他隊長。

結果，學長遲到了。我直接打電話給芷言，跟她報告一下狀況，「遲到二十分鐘了耶，我可以走了吧？」

「他居然遲到？他有傳訊息跟妳說一聲嗎？」芷言有些不高興的回我。

「沒有。」

「明明我就把妳的電話給他了。好，妳可以走了，這次算我對不起妳，明天請妳喝酒。」芷言讓我離開得非常爽快。

昨晚她提到讓我和隊長吃個飯，我一直拒絕。但她和夢舒都認為我的交友圈實在太小，我又宅到一個不行，再這樣下去，連戀愛都沒談過半次就死掉，真的很冤枉，又一直逼問我不去的理由到底是什麼。

我說不出口，只好硬著頭皮來。

但現在我可以走了，我真的開心到很想尖叫。於是我快速拿了包包，推開椅子準備走人時，一道聲音在我頭上落下。

「好久不見。」

我抬頭看去，老一點的木村拓哉站在我眼前。學長沒什麼變，就是更成熟穩重了。以他這樣仍帥氣迷人的外表，再搭配四十二歲的男人味，這樣的男子，就算離婚，也絕對有很大的市場。

他比較適合跟那種風姿綽約的美女約會。我整個人頓時很像他的助理，不是幫忙處理重要公事的那種，是跑腿買咖啡的那種。

我喉嚨乾澀的點點頭，揮揮手說：「嗨！」

學長笑笑的拉著椅子入座，很誠懇的向我道歉，說來的路上車子有問題，所以請車行的人處理，就這麼耽擱了快二十分鐘，又因為急忙趕來，忘了先跟我說一聲。

「真的很抱歉。」他露出歉疚的眼神看著我。

我也只能不在意的笑笑，「沒關係啦。」

服務生很快就來點餐，我連說「我不餓」的機會都沒有，學長就幫我點了這裡的招牌菜，「這個妳一定會喜歡。」

我忍不住問他，「你怎麼知道？」

他愣了一下，說：「通常女孩子吃過都說喜歡。」

我下意識的脫口說出，「所以學長都約女孩子在這裡吃飯？」

他先是一頓，接著錯愕的看著我，然後笑了出來。「本來覺得妳跟以前一樣沒什麼變，看起來還是那麼單純樸素，但沒想到，妳變得好會說話。以前看到我只會躲，如果我知道妳這麼健談有趣，搞不好我們會在一起。」

這是哪個星球的語言？我聽不懂。

「但那時候你選國一的班花，你朋友說是因為她漂亮，不是因為她健談有趣。」我直接說出事實。那時候失戀，芷言透過各種管道問出學長是怎麼跟學妹在一起的，結果跟學長的籃球隊隊友直接爆料，「因為漂亮。」

學長一聽，表情瞬間微變，然後又馬上笑笑說：「小時候哪有什麼看人的眼光，現在才會知道自己要什麼。」

我不置可否，他說的話，不就正好是我的心聲？

我仍然靜靜的看著他，他打破沉默繼續說：「聽芷言說妳打算自己開店？」

「是啊。」

「但現在創業很辛苦，基本上能成功的不多。我是覺得，還是找份工作，當人員工，至少不用擔心生活。」

「我創業也不是為了成功，就是做點自己喜歡的事，可以養活自己就好了。我這個人沒什麼企圖心。」

「不然就早點結婚，讓老公養也可以啊。」

「我習慣自己養活自己。」我笑笑的回應他。他尷尬的點點頭，可能覺得我很難聊吧。

其實我一向不是這樣的人，再怎樣我都會忍下來，當作沒有聽到。但不知道是不是我生理期快來了，情緒有些起伏，總是想嗆他。

他該不會誤以為是當初沒選我，所以我還在生氣吧？

希望他不要有這種無知的想法。

他又說了一句，「不找老公也沒關係，可以談談戀愛啊，妳們女生不結婚，不就是想一直有戀愛的感覺嗎？像我有個女生朋友，男友交了快一打，最近又剛換……」

「我沒有交過男朋友。」

他傻住，用不可思議的表情看著我，「一定是妳眼光太高！」

「芷言沒跟你說嗎？我爸生意失敗後來又死掉，我得賺錢養活我的三個弟妹。」這時候剛好菜上來。我看他表情似乎是沒什麼胃口，但我剛好餓了，上來的又是我喜歡的海鮮麵，我挾了口放嘴裡，一臉滿足。

學長很緊張的問我，「那現在呢？妳不會還有負債吧？多嗎？」他一副很怕幫我還錢的樣子。可以不要這麼自作多情嗎？

「還有大概三千萬還沒還清吧。」我故意這麼說。他眼神震動著，我看得出來他很想起身離開，我也在等他走人。

沒想到，他又突然笑笑說：「妳唬我的吧，我才不信！」

我聳聳肩，只是微笑，繼續吃著我的麵，然後跟他有一搭沒一搭的聊著。他聊起他的前妻，由於不能接受美麗的妻子外遇，所以直接離婚，現在想找普通人來當個伴這意思，是他今天會願意跟我出來吃飯，是因為我很普通囉？

也是啦！我特別容易攻佔菜市場，那些阿婆阿嬸都很愛我，愛到我多希望她們可以是男的，那我一定很幸福。

學長說完自己的感情史後，又問我，「妳喜歡什麼類型的？」

我腦子閃過陳乙東的樣子，回了學長一句，「角頭大哥。」

學長笑翻了。他真心以為我在逗他笑，伸手摸摸我的頭說：「妳怎麼那麼可愛啊！」

我覺得很不舒服，把身子往後退了退，「都快四十了，可愛什麼。」

「個性啊，妳個性特別可愛，我很喜歡。」

我要說謝謝嗎？謝謝你的喜歡嗎？呃，我做不到。我繼續低頭吃東西，他又看著我說：

「我也喜歡女孩子吃東西不做作，妳吃東西看起來特別好吃，吃相又福氣。」

「你這是拐彎笑我是豬嗎？」

學長又笑了。笑點怎麼會低成這樣，他人生到底有沒有標準？他笑完，補了一句，「如果妳是豬，一定是全天下最可愛的豬。」

他把佩佩豬放哪了？

我決定不說話、不回應，快點吃完這頓飯，然後各自解散。所以我迅速進食，連飲料也是一口氣乾掉。學長很傻眼，「妳很渴嗎？」

「就想說吃太久了，怕打擾你的時間，這頓飯我請，謝謝學長賞臉。」

我伸手就要去拿帳單，但學長比我快一步拿起，「我沒讓女人付過帳。」

「那下次我去買房子，會記得帶上你。」我說完，他又笑了，突然用很深情的眼神看著我。我覺得很害怕，趕緊拍拍他，「卡刷好了。」

他才回頭從服務生手上接過信用卡。我趁機說：「那我先走了，謝謝學長。」

我快步出去，像後面有鬼在追一樣的快。沒想到學長也衝出來大喊我，「維芯、維芯！」

我本來想假裝沒聽到，但眼前是紅燈我能怎麼辦？我只能等，等到旁邊的小姐問我，「那先生是不是在叫妳？」

我尷尬笑笑的同時，學長已經追過來了。「妳怎麼走那麼快，我送妳啊！走吧！」學長說完，直接拉著我往他停車的方向去，抓得有點用力，很怕我跑了一樣。我有些不高興的甩開，「我又不是犯人。」

學長笑了笑，趕緊道歉，「不好意思，我就怕妳跑了。」學長看著我，但我只想拜託他不要用這種深情的眼神看我。我馬上退了一步，「我只是要回家，而且我可以自己回家，不用再麻煩學長了。」

「就讓我送送妳吧，我們真的很久不見了，還是妳把我當壞人？」

天啊，我最怕人家這樣說，不答應的話，就變成我是壞人了。我才在想，好吧，人生總要當過一次壞人，打算拒絕他，他又說了一句，「其實我最近滿低潮的，和妳聊天很愉快，才想多和妳說說話。」

他表情可憐到好像我不答應，轉身真的會天打雷劈。

我只能深吸口氣，「你車停哪裡？」

他瞬間揚起微笑，指著不遠處，「那裡！」

於是我就這麼讓學長送回家。但其實一路上我們也沒特別聊什麼，就扯東扯西。好在我家不算遠，我請學長在大馬路讓我下車，我要自己走進去。沒想到我才走沒兩步，他就停好車跟上來，「這裡這麼暗，還是讓我陪妳吧！」

好，隨便他。

我們繼續往裡頭走，他每走一步就一直嫌，「這裡真的住人嗎？看起來沒什麼住戶，而且房子都老了……剛才是不是還經過殯儀館啊？妳怎麼會想住這裡，我覺得很不方便耶，感覺挺落後的，我看妳房子還是賣掉，去買市區一點的比較好……」

他說到一半，正好乙東的小弟騎著摩托車快速經過。因為太暗，學長又一身黑西裝，差點就擦撞。眼看小弟剛要開口道歉，學長先罵人了，「騎車不長眼睛嗎？我衣服很貴耶，弄髒你要賠？」

小弟瞪大眼睛看著學長，「我這件也是喬治阿馬尼呢，不會輸你這套送人出山的西裝啦！是你自己要走這麼外面，又全身黑，我才沒看到，不然你是在凶啥？啊？」

學長生氣的拉著我問：「維芯，妳家附近還住流氓啊？」

小弟氣炸了，「欸，沈小姐，你朋友這麼沒水準的喔？」

學長一聽到小弟喊我沈小姐，更加驚訝的問：「你們居然還認識？有沒有搞錯啊？妳交朋友都不選的嗎？怎麼會跟這種人有交集啊？」

我才剛要反駁，小弟直接衝過來揪著學長的領口大罵，「什麼這種人，不然你哪種人啊？講啊！穿了西裝就以為自己人模人樣了喔？笑死人，你一個月賺多少，講來聽聽啊！」

學長表情害怕的看著我，我其實一點都不想救他，但我不想讓學長認為小弟真的是壞人，所以只好上前去拉開小弟，對著小弟說，「不好意思，你不要介意，我學長沒有那個意思啦！」

學長聽到我這麼一說，更加氣憤的拽著我的手，「妳幹嘛跟這種人道歉啊？」

小弟又要爆氣前，我已經聽不下去了，「可以不要開口閉口就是『這種人』嗎？你知不知道你這種人才更讓人討厭？剛才的確就是你走太出去，而且也是你先沒有禮貌的，我幫你道歉，你還凶我？請問在凶幾點的？」我氣憤的罵完，小弟在一旁拍手叫好。

「不愧是沈小姐，難怪我們家乙東哥欣賞妳。」

我才想問小弟，所謂的「欣賞」是什麼意思時，學長惱羞成怒的回應我，「妳該不會因為沒交過男朋友，就什麼三教九流的男人都可以吧？像他們這種流氓，就是社會的毒瘤，都不知道幹了多少壞事，妳還在那邊幫他們講話。也難怪啦，如果說什麼人交什麼朋友，那妳會活成這樣也不意外……」

我根本不在意他怎麼說我，我活到現在，這一路被講的難聽話還少嗎？我只是冷笑，但沒想到學長話還沒說完，突然不知道哪來的水朝學長整個潑了過去。

我差點嚇傻。

所有人往潑水的方向看去，陳乙東就站在那裡，拿著一個壞掉的空水桶。我只能說，看起來很帥。

我沒記錯的話，那個壞掉的水桶就是丟在巷口很久，積了很多雨水、髒水的那個。

學長氣炸了，上前要打陳乙東，但他一個閃身，學長整個人失去重心，跌趴在地。我趕緊過去扶他，很怕他萬一受傷，乙東會惹上麻煩。沒想到學長居然甩開我的手，狠狠的瞪了我一眼說：「不要聯絡了。」

然後學長狼狽的轉身走人。

陳乙東把水桶一丟，也轉身要走，我也不知道叫住他要幹嘛，但就是叫住他了，「等一下。」

他回過頭，眼神沒有任何情緒的說，「怎麼了？」

我被問倒了，不知道該說什麼，結果他吐了一句，「妳還是少跟我們這種人接觸比較好，想一想，我們的確是不同世界的人。」

我一聽，瞬間氣到發抖，拿起他丟在一旁的水桶，直接蓋到他頭上，氣得罵他，「如果你說的這種人是指王八蛋的話，你今天真的是個王八蛋。」然後轉身快步回家。

我不喜歡他剛才看我的眼神，太陌生、太有距離，我沒辦法接受。

回到家，我心情鬱悶的整理屋子來發洩。整理到滿頭大汗，然後去洗了個澡，那種討厭的感覺還是沒有散，我更氣的是，還是沒有他的電話號碼，連現在想打電話去罵他一頓都沒有機會。

倒是芷言打了好幾通來，我還沒有心情接，我猜學長打去跟她抱怨了吧。現在實在無法再去解釋什麼，但我忽略了芷言是個十分有執行力又異常加固執的人，一個小時後，我家的門鈴響了。

完完全全沒有意外。

我下去打開門，外頭站的就是她，她氣呼呼的罵，「妳幹嘛不接電話？」

「我就很累……」

「累屁累！走！」芷言拉著我就要往外走。

我傻眼的問，「去哪？」

「打學長。」

我笑了出來，換我拉住她，「妳冷靜！」

「我怎麼冷靜？他打來跟我告了一狀，但怎麼聽就是他的問題啊，我說他不對，他還罵我。怎麼會這麼沒風度？我居然還想要撮合你們，好！不然妳打我好了，我覺得我好丟臉，我差點就害妳上賊船了！」

「反正我沒上。」

芷言重重的嘆了口氣，關心的問：「那妳朋友還好嗎？」我知道她指的是陳乙東，本來不想講的，但我覺得再講不出來，我可能會悶死，然後等著被收屍。

於是，我把所有的事全告訴芷言，包括我喜歡陳乙東這件事。

芷言聽完笑了出來，捏捏我的臉，「妳幹嘛這麼懊惱，可以聽到妳喜歡上一個人，妳知道我有多開心嗎？」

「我覺得很累。」

「累才有活著的感覺啊。」

「講得好像人人都是被虐狂。」

「所以大家都一樣啊，妳要覺得正常。」

「但現在，感覺我們可能連朋友都很難做。」

「妳管他，妳想幹嘛就幹嘛。妳想跟他當朋友，妳就是他朋友，妳想跟他談戀愛，妳就努力去追他，但我只有一個要求。」

我好奇的問，「什麼要求？」

「就是拜託他盡量再大尾一點，這樣不用出去打打殺殺，比較安全。」芷言說得超認真，我整個大笑出來，「我以為妳會阻止我。」

「沒什麼好阻止的。妳說她是好人，我就相信他是好人；妳喜歡他，我就支持妳喜歡他。而且看他上次這樣照顧我們的分上，我其實也覺得他不錯啦，我們不是小孩子了，一個人好不好，很快就知道。」

我只能吐槽她，「那學長是？」

芷言狠狠瞪了我一眼。我笑了出來，此時此刻我突然覺得好輕鬆，我們就這樣亂聊，聊了整晚，隔天早上她上班還差點遲到。但我心情真的好了很多很多，還能為自己泡杯咖啡。

然後，我打算選時間開業了。

目前很多東西都已經就定位，就差一個開始。有一部電影說人生很多時候都差一點，我在想那個一點就是開始吧。

我沒有迷信什麼風水，選了一個自己喜歡的日期，開始把在這之前該處理的比如叫料、名片、宣傳、網路商店的一些細節都好好的敲定。這一忙，又是一整天，但很喜歡這種做了很多事的感覺。

好不容易想喘口氣，看看該怎麼處理維倩的事時，我的門鈴聲響了。

以這時間來說，我猜是陳乙東，但又覺得不太可能是他，畢竟昨天晚上，我們也算是不歡而散。

我懷著忐忑的心情去開門，門一開，居然是小弟。

我非常意外，「怎麼了？」

「乙東哥叫我來的，小柚住院了，他不行了……」

光是聽到這幾個字，我就急急忙忙推著小弟走，什麼都東西都沒有拿，就跟著他到醫院。一路上，我問小弟關於小柚的狀況，他也只是開著車搖頭嘆氣。我看他車速開這麼快，那種父親離開我的心情又頓時冒了出來。

那天，我坐在救護車上，看著爸爸躺在我面前動也不動。恐懼衝上我的心頭，我壓抑想吐的這種慌亂感，等著到達醫院。一到門口，小弟說了，「在三〇二九號房。」

於是我快步走進醫院服務台詢問位置，連電梯也不想搭，直接爬上三樓。跌跌撞撞的找著病房，終於讓我看到三〇二九的號碼，我深吸口氣推開門進去，都準備好要面對事實時，我看到小柚站在床上，手背插著針在打點滴，一臉不爽的跟陳乙東對峙著。

嗯？小柚不行了？那我現在到底看了什麼？

我不懂我看了什麼，小柚不是好好的嗎？精神好到可以耍脾氣啊！

我有點不爽的問：「現在是怎樣？」

這兩位才發現我的存在，然後同時對我說，「我不吃藥。」「他不吃藥。」

「所以？我是護理師？我看起來很會餵藥？」我傻眼，想到一路這樣忍著害怕擔心，結果看到這一幕，我沒有氣到動手殺人，已經是我的仁慈。

我需要向世人重申一次，我平常真的是好來好去沒有脾氣，但不知道為什麼最近就是特別容易上火，尤其陳乙東已經幾次惹怒我。真的是太奇怪了，難道我的更年期已經來了嗎？

陳乙東很無助的看著我，「他腸胃炎得要吃藥，但不管誰餵他就是不吃，已經吐了三次藥了，珍姊還被他吐得全身都是，想說妳對他比較有辦法……」我看著他緊捏手上那杯藥粉加糖漿，脾氣頓時沒了，倒是有點可憐他。

我把那杯藥拿過來，看了小柚一眼，小柚以為我也想強灌他，開始尖叫。但下一秒，我把那杯藥直接丟進垃圾筒，陳乙東和小柚再一次同時傻住。我淡淡的看著小柚說：「不想吃就別吃了。」

小柚忐忑的問：「真的嗎？」

我用力點頭，小柚這才確定，開心歡呼。陳乙東不能接受，想要開口時，我坐到病床旁，拍拍病床，示意小柚坐下來。我很認真的跟他說：「不吃藥可能會好得慢，你OK嗎？」

他思考了一下點點頭。

「如果你認真吃藥，可能明天、後天好了，你就可以回院裡騎車，跟那些大哥哥大姊姊玩。但你沒有吃藥，醫生叔叔就要一直觀察你，確定你的身體裡面沒有細菌，你才能走，不知道要幾天喔。」

他顯得猶豫，我繼續跟他說：「身體是你自己的，你要想，你不舒服的時候，誰都不能幫你痛，你只能自己痛喔。」

乙東過來，有些無奈的說：「他才幾歲，妳說這些他怎麼懂？」

我看著乙東，告訴他，「維倩小一就會自己走十五分鐘的路上學了。她知道要怎麼過馬路，她知道不能跟陌生人講話，她知道如果她不自己上學，那我早餐店的打工工作就沒辦法做，就得少賺一份薪水。」

乙東愣住了，我深吸一口氣，「你可能會覺得我強迫他們長大，但現實也在勉強我啊，小柚是有你和雲姨、其他阿姨疼，但他終究得長大。」

小柚這時拉拉我的衣服，「姊姊，那我明天吃藥可以嗎？」

「可以啊，你自己決定就好。但現在有點晚了，你該睡了，不然會吵到隔壁跟你一樣不舒服的小朋友，你希望他們更辛苦嗎？」我說。

小柚用力搖頭，很快的躺回床上。我幫他拉好被子，他又坐起身說：「如果我沒住這裡，是不是會有比我生病更嚴重的人可以住？」我微笑點頭。然後他對我說了一句，「那我要吃藥，我想快點好。」

「好，那你可以自己吃嗎？」

「可以，但可以甜一點嗎？」

「成交。」

於是我幫他重新泡了一杯藥水。小柚真的是鼓氣很大的勇氣快速喝掉，然後又灌了兩杯水。吃完後他突然說：「吃藥好像沒那麼恐怖了。」

「那是因為你變勇敢了。」

小柚被我這麼一稱讚，開心的往我臉頰親了一口，跟一開始見到他那個有距離的樣子根本判若兩人。這次換我嚇到，轉頭過頭就看到乙東也露出笑容。我們倆對看一眼，吵架的尷尬又回來了，馬上各自撇開頭去，沒有說話，安靜的陪小柚睡覺。

沒想到，不到三分鐘，就聽到小柚細微的鼾聲。確定他真的睡熟了，我們很有默契的把燈調暗，小聲的離開病房。

一走出病房，兩人對看，又是有些措手不及。但我沒讓尷尬的感覺持續太久，先開口說：「我先回去了。」

他沒有回應我，我直接轉身走。隨後他突然喊住我，「沈維芯！」

我回頭問他，「幹嘛？」

他看著我，眼神好像千萬語，實際上吐出來的只有三個字，「謝謝妳。」

我深吸口氣，有些不高興的回他，「下次叫阿才不要亂講話好不好，什麼不行了，害我以為是小柚怎麼了，原來不行的是你耶，連餵藥都做不好。」

「不好意思，這次真的很謝謝。」

他的各種客套，讓我實在很難過。我忍不住對他說：「講話一定要這麼客氣是嗎？」

他看了我一眼，突然回我，「客氣一點好啊，像我們這種人，最好還是……」

在他說出更讓我傷心的話之前，我直接打斷他，「好了，我不想聽。」

他沒有繼續說，只是用一種很複雜的眼神看我。我真的不知道他到底在複雜什麼，他打打殺殺都沒在怕的人，為什麼要在意學長說的那些話。

接著，他很不怕死的補了一句，「不想聽，事實也不會改變。」

我直接告訴他，「你知道事實是什麼嗎？」

他看了我很久，搖搖頭做為回答。然後，我告訴他正確答案，「事實就是我喜歡你這種人。」

我知道說了不會改變什麼，但我就是想說。

他整個人愣在原地，一臉「妳是不是瘋了」的表情。我更加不能理解，喜歡他有這麼糟嗎？

「你是不是不知道自己很好？」我說。他一樣只是看我，沒有回應我，我繼續說：「你不知道沒關係，我會慢慢讓你知道。」我給了他一個微笑後，轉身離開。

但我才走沒兩步，迎面而來的人，卻讓我震驚不已。

她似乎沒有注意到我，只是揮手朝著乙東喊，「乙東！」然後小碎步走向我和陳乙東，愈走愈近時，她才發現我，然後整個人愣在原地。我們兩人對看，她看起來很不敢相信的樣子，我也無法置信。

乙東走了過來喊，「珍姨，妳怎麼又來了？」

沒有人理他，他似乎也發現我們之間不太對勁，有些小心的問：「怎麼了？妳們認識？」

我苦笑一聲，「何止認識。」

我的阿姨，維倩的媽，那個家裡生意失敗就離開我爸的女人，就連知道我爸死了，也不肯帶著自己孩子的女人，現在就在我眼前。住在高雄的時候，我幾乎天天盼著她出現，所以我一直沒搬家，甚至連門鎖都沒有換。即便房東太太找工人來稍微整修屋子時，本來打算把門也換掉，但我堅持不要換。

就是為了等她。一直到我真的離開高雄，我才放棄這個念頭。甚至覺得，就這麼不見了也好，反正維倩都長大了，她不只不需要媽媽，也不需要我了，那就這麼算了吧。

有些人的緣分就是這麼短。

現在我只是意外，斷掉的緣分，竟然又在這裡接起來。

王貴珍原本有些歉疚的眼神，頓時又凌厲了起來，轉過頭當沒看見我，問著陳乙東，「小柚呢？還好嗎？」

陳乙東見我表情不對，有些擔心的看了我一眼，才回答王貴珍，「睡了。」

「那我去房裡看看他。」王貴珍要走，我上前一步攔住她，「妳對我無話可說？」

她淡淡回應我，「我們已經沒有關係了，有什麼好說的？」

「妳跟我是沒有關係，那維倩呢？身為她的媽媽，妳沒有任何一句想說、想問的？妳不會一走出高雄家裡大門，就連自己有個女兒都忘了吧？」

她看了我很久，然後吐出，「沒有。」兩個字。

我頓時眼淚都要掉出來了，好心疼我們家維倩，我現在只想去抱著她，就只是抱著她。

我的怒氣壓抑不住，「妳怎麼能說這種話？妳有力氣照顧別人小孩，結果對自己女兒不聞不問。還是當初我就該把維倩丟到育幼院，這樣她才有機被自己媽媽關心？妳當時離開我爸就算了，我能理解，家裡經濟突然不好，妳可能會害怕，所以跑走了。但我不能理解的是，妳怎麼能把自己女兒丟著？維倩從小到大就帶著媽媽不要她的心情在過日子，妳知道這對她來說是多大的傷害嗎？就連現在，妳還是不要維倩？那妳當初幹嘛生她！」

王貴珍不發一語，只是默默的轉身往病房去。我氣到要追上去，卻被陳乙東拉住，「妳先冷靜一下。」

我甩開他的手，直接離開醫院。我無法形容我現在的心情，殺人有什麼難的？我現在就很想對王貴珍動手，我真的是太氣、太氣了。

氣到我直接在醫院附近的公園裡快走繞圈圈，好發洩內心的怒氣，走到我整個人重心不穩摔在地上，手掌的疼痛，才讓我轉移一點點注意力。接著一隻手在我眼前出現，是陳乙東。

但我沒有讓他拉起我，而是自己站起來。說到惹我生氣，這個人也是多少有一份。我沒理他，撿起掉落的鞋，一拐一拐想走到一旁長椅時，陳乙東突然直接把我抱起來，讓我坐到路燈旁的椅子上。然後他拿出不知道什麼時候準備的生理食鹽水、藥和ＯＫ繃，幫我處理手掌上的傷口。

我看他專注的模樣，忍不住拿出手機錄影，等他幫我貼上ＯＫ繃時，發現我在錄影，沒好氣的唸，「妳是在幹嘛？」

「把你好的樣子錄下來，免得你不知道。」我說。

他先是傻眼，然後翻了個白眼笑一聲說，「妳真的很閒。」

「是滿閒的。」才會找自己麻煩，喜歡上你啊。

當然後面那句我沒說。現在也不是什麼兒女情長的時候，我現在只想去找我那個可憐的妹妹。我想把鞋子穿上，但手掌的刺痛讓我行動有些困難，陳乙東又二話不說拿過去幫我穿上。我再次打開手機鏡頭錄著，忍不住問他，「你幫幾個女生穿過鞋子？」

他愣了一下，然後選擇不回答。

「沒關係，你今天不回答，我放你一馬，我會繼續問，看是你先瘋還是我先瘋。」我對他真誠一笑。畢竟我都直接表白了，我還怕丟臉這兩個字嗎？臉早就丟光了，不在乎了，沒關係了。

他重重一嘆，感覺又想開口勸我什麼的時候，我直接站起身，走出公園，站到路旁去。才剛伸手要招計程車時，他把我的手按下來，「我送妳去。」

「你知道我要去哪？」

「找維倩。」他說。

我又忍不住把手機拿出來，問他，「你可以再說一次嗎？這很值得記錄。」他一臉想掐死我的表情。做人要見好就收，所以我手機也收起來了，對他說：「那就麻煩你了，謝謝。」

路上，我們沒什麼交談，我一直在想要怎麼解決我跟維倩的問題，她還在氣我自作主張，讓蜜蜜借錢給她。有兩個自尊心比一〇一還高的妹妹，我這個大姊就不能也想要自尊，不然就是沒完沒了。

最好的辦法，大概是我人一到就馬上向維倩下跪。

但我沒有機會，維倩還在生我的氣，死就是不肯開房門。和她同住的室友米娜拍拍洩氣的我，低聲跟我說：「姊姊，真的要想辦法讓倩倩出來。她前天去那間爛公司要主管還錢，結果被保全趕出來，公司還報警，是我們去保倩倩出來的，她還不准我們跟妳說。」

我一聽，更急了，繼續用力拍門。但回應我的，是東西砸在門上的聲音，「妳走！不要再來了，十萬我就是會還妳！」頓時，我放棄了。我不想讓維倩更恨我，她現在這種狀況根本沒辦法讓我好好跟她說話。

我只能拉著陳乙東說：「走吧！」

但陳乙東根本不動，轉頭問米娜，「妳們房間都沒有備份鑰匙嗎？」

米娜回答，「有，但都是自己拿著……是要請鎖店的人來開門？」

「不用了。」陳乙東說完，直接用身體去撞門。米娜差點沒嚇死，但我是習慣他這樣，沒有嚇到，更多是擔心，我怕維倩會更加反彈。我才想開口阻止，第三下陳乙東就把門撞開了。

然後就看到各式各樣的東西砸了出來，筆筒也丟到乙東身上。乙東一點都不在意，只是對我說，「妳先不要進來。」說完，他走進維倩房間，然後把門關上，下一秒，我就開始聽到維倩大聲尖叫。

米娜害怕的拉著我，「姊夫不會打倩倩吧？」

重申一次現在不是兒女情長的時候，但為什麼這話聽起來，我會忍不住想笑呢？我拍拍米娜，「妳放心，他不會打女人的，我們只是朋友。」我還是得還他清白，畢竟他跟我真的什麼都不是。

接下來，維倩沒再尖叫了，房間裡頭傳來很細微的談話聲。陳乙東很快就走了出來，然後把我推進房裡，我看到維倩坐在床角不停掉淚，壓抑下意外，我走過去跟她說話。

「妳覺得我做錯了，所以妳生我的氣，我可以接受。可是就算重來一次，我可能還是會這麼做，因為這是我覺得最好的方式。我是妳姊姊，可是我不是完全沒有缺點的姊姊，所以妳對我有什麼不高興，我全部都可以接受。」

然後她哭著跟我說，「我就是不要妳接受。」

「為什麼？」

「那會讓我覺得自己很沒有用，我已經拖累妳很久了。」

「誰說妳可以用拖累兩個字的？」她不回答我，我深吸口氣繼續問她，「妳該不會就是因為這樣，所以急著獨立，急著什麼都想自己來，急著想要轉正職，急著要長大？」

維倩沒有回答我，但我已經知道答案了，我上前給了她一個擁抱。

然後，我跟她說：「我多希望妳永遠都是那個小不點維倩，因為能被妳喊著姊姊、姊姊，是我人生中很幸福的時候。」

維倩突然在我肩上哭出聲，「可是我好討厭我自己……」

我緊抱住維倩，眼淚也忍不住掉了下來。

為什麼要對自己的存在感到抱歉？

我們都是被上天眷顧才會來到這裡的人啊！

第九章

等維倩哭完之後，我決定今晚先帶她回家。

陳乙東把我們兩個送到家門口，什麼也沒說就走了。

我從衣櫃裡拿出維倩在高雄時穿的睡衣，她很驚訝的看著我，「怎麼沒丟？」

我笑笑回她，「為什麼要丟？」

即便他們三個在高雄的東西愈來愈少，尤其維遠跟維妮，都是早早就獨立的人，在高雄的東西該丟的都丟完了，留下來的就是回高雄過夜會穿的睡衣，跟幾件換洗衣服。這些我全都帶著，如果他們也需要來這裡住一晚，就有衣服可以換。

我把衣服給維倩，然後帶著她到浴室去，打開櫃子，裡頭還有不同顏色的牙刷、杯子跟毛巾，「只要是黃色的，都是妳的。」維妮是紫色，維遠是綠色，都是他們最喜歡的顏色。

維倩愣愣的看著我，我拍拍她後，走出浴室把門帶上，然後去廚房煮泡麵。我很餓，我相信維倩也很餓，常常發洩情緒後，肚子就會突然很餓。清理心情的過程，總要花上很多的體力。

很快，維倩洗好澡出來，麵也上桌了。我喊她，「吃麵。」維倩緩緩走過來。我拿出她最愛的泡菜，放到她的位置前。

她坐了下來，突然又紅了眼。我嚇一跳，「怎麼了？」

她哽咽的說：「跟在高雄的時候一樣。」

我把筷子塞到她手裡，「本來就都一樣，要哭，吃飽再哭。」

她把眼淚吞了回去，「我才沒哭。」對維倩來說，激將法有用，但對維妮沒用，她不爽就是不爽，不要就是不要，激也沒用。

於是，我們姊妹總算一起吃頓飯了。吃完，維倩也像過去一樣主動洗碗，然後換我去洗澡。等我洗完出來，我看她躺在床上，看起來像睡了，但我知道她其實沒有睡。

我整理好之後，關燈上床。

整個房間安靜到比我自己在家時還安靜，突然維倩說了一句，「我以為長大了就什麼事都能做好。」

我翻過身去面向她，「妳告訴我，妳哪裡做不好？」

「全部。」

「如果妳是指維妮說的那些話，那不是妳的錯，是我的錯，是我造成的。如果妳是指工作的事，那也不是妳的錯，是那間公司騙人。妳只要想，這過程裡，妳是不是比其他人努力？比其他同事認真？如果妳有，那就好了。」

維倩也轉頭過來看著我，我們面對面，她的表情不再那麼防備。我摸摸維倩的頭，像以前一樣。她跟我說：「我是不是該跟沈維妮道歉？我搶了她的姊姊。」

我笑了笑，「維妮也是妳姊姊。」

「她討厭我。」維倩有些落寞的笑著。我不捨的抱了她一下，「妳說的討厭，應該只是一個誤會。」我相信維妮一定不是真的恨維倩，只是累積下來的怒氣，正好發洩出來而已。

這幾天沒急著找她們，有很大一部分原因是我都在回想過去。

想起在高雄的種種日子，想著維倩老是跟在維妮後頭，想引起她的注意，還拿會維妮的獎盃去學校跟同學炫耀二姊有多聰明，結果被維妮罵到臭頭。

維妮雖然常說維倩煩，但維倩去上學的頭髮都是她綁的。記得維倩曾哭著回來說男同學把維妮綁好的辮子給拉壞，維妮要維倩不准哭，面對欺負妳的人，就要欺負回來，如果不保護好辮子，她以後就不幫維倩綁頭髮了。

所以隔天我去了學校，因為維倩打傷了男同學。

我氣到處罰她們兩個。正巧唸大學的維遠回高雄，幫她們兩個人說話，還給了她們零用錢，兩姊妹偷偷跑去雜貨店買冰，一大一小的走回來的身影，我都記得。

所以我真的覺得，這一切的誤會，罪魁禍首都是愛。

因為太愛了，所以維妮才會吃維倩的醋，才會放大我沒有把心思放在她身上的情緒。所以維倩才會保護自己，聽過那樣殘忍的話後，不再叫維妮姊姊，努力想讓自己超越維妮，好減輕我的負擔，進而造成自己的壓力。維遠也是，因為愛我們而認真賺錢，不是故意疏遠，只是不會表達，讓我以為他很冷漠。

這一切的誤會，不都是愛造成的嗎？

想透了之後，我便可以不疾不徐。時間會證明一切，比如愛；時間也可以解釋一切，比如誤會。我相信維妮有一天會懂的。

「沈維妮是不是要走了？」

「維遠跟妳說了？」

維倩點點頭，「二哥最近都會打給我，但他只是問我吃飽沒，然後叫我早點睡這樣。那天就是跟我說沈維妮要去香港工作，我才答應去吃飯的。但這幾天我沒接他電話就是了。」

「所以妳也捨不得對吧？」

她馬上改口，「我哪有。」

我笑笑的拍拍維倩，「比起道歉，如果妳真的把維妮當姊姊，就不該一直喊她沈維妮。」維倩聽著，但沒有回答我，我也不強迫她，只是繼續跟她說：「不要急，工作慢慢找就好。如果妳是擔心又要花我的錢，那就不用了，妳有錢。」

維倩愣住，我起身開燈，去櫃子裡翻出一本上頭是維倩名字的存摺，把存摺遞給她，「這是我幫妳存的，這都是妳的錢。」其實維妮也有一本，我會在她跟我開口時拿出來。不然以她的性子，肯定也要生氣。

維倩翻開存摺，驚訝的看著我，「我什麼時候有錢了？」

「每年過年我包給妳的紅包啊，還有生日禮物，妳說不要，我就改存生日禮金。還有妳之前在餐廳打工賺錢，也都會拿一些給我，說要補貼家用。但我們家真的沒有那麼窮，最辛苦的日子過了，這些錢用不到，我就都替妳存起來。是沒有很多，但省著點花，也夠妳一年內慢慢找工作了。」

維倩不敢置信的哭了出來。我上前輕擁著她，「不要想著要拿這些錢來還我那十萬喔。我真的不在乎那十萬，但如果能讓妳知道慎選公司的重要，不要那麼執著自己的決定，那錢就花得值得，至少現在我覺得非常非常爽。」我把那個不見很久的妹妹撿回來，怎麼不值得？

維倩大哭，「妳怎麼那麼笨啦！」我笑笑點頭，維倩又哭得更大聲。

我看著她哭，腦海裡卻不斷浮起維倩各個時期的笑臉。即便過去的日子有時想來很心酸，但是他們讓我堅強、勇敢起來，是他們的存在讓我知道，這麼平凡的我，只要努力，一切問題就可以迎刃而解。

當然，所有人的人生都是結果論。但如果我今天得淪落到去出賣自己，我一樣會為我自己驕傲，這就是我來到這個世界和別人不一樣的地方。

維倩也哭累了，我們再次躺回床上。我突然想到一件事，「陳乙東在房間跟妳說什麼？妳怎麼突然願意跟我說話了？」

沒想到維倩整個睡翻了，只回了一句我完全聽不懂的話。但我也不忍心叫她起來給我一個答案，我只是看著她睡得愈來愈沉，開始打起呼來，然後決定再去找王貴珍一次。如果她堅持不要維倩這個女兒，那直到我死，我都不會告訴維倩，我見到過王貴珍這件事。

但當我決定要好好睡覺時，維倩的鼾聲卻成了我的惡夢。我不知道自己翻了多久才睡著，我只能說我真的很愛她，她吵成這樣，我仍然沒有動過拿枕頭悶住她的念頭。

直到我昏睡到中午驚醒，維倩已經不在了。

我很害怕昨晚的一切只是夢一場，醒來發現其實維倩還在生我的氣。我衝下床，跑到客廳，看到桌子上的早餐才鬆了口氣。

我拿起手機想打給維倩，就看她到傳給我的訊息，「我出去忙一下，晚點再找妳。」

於是我收起手機，梳洗後，吃了維倩買給我的早餐，拿著筆電到一樓去，打開赫拉的Podcast，把未完成的價目表處理好。另外，還有網路商店今天會先給我模版試用看看，可能還需要再調整。

我工作到一半，維妮和維遠突然走進來。我嚇了一跳，不敢相信我居然看到維妮。她淡淡看我一眼，接著打量起店面問，「什麼時開始？」

我完全忘了反應，還是維遠提醒我，「維妮在問妳。」

我這才回神，「就這一、兩個星期了吧。」

「還可以，布置得滿溫馨，要不要找幾個認識的部落客幫妳寫推薦文？」她突然這麼問，我真的是快嚇瘋了。

「都、都可以，妳方便就好。」我說：「但妳不是要去香港了嗎？」

「不去了，我決定回高雄創業。跟之前的房東婆婆聯絡了，她房子還沒租出去。我會再租下來做我的行銷工作室，已經聯絡好室內設計師討論了。」維妮邊說，邊幫我將花盆移了移位置。

然後維妮又問我，「樓上可以上去嗎？」

我用力點頭，「當然可以。」維妮直接自己走上去了。我傻眼的拉著維遠問：「現在怎麼回事？」

維遠也是狀況外的表情，「我也不知道，她就說中午要來找我，我以為她要一起吃飯，結果是叫我跟她來找妳。」

我真的是滿肚子疑問，才想跟上去時，維妮就下來了，口氣有些不悅的說：「買台除濕機吧，妳房間有點潮濕，睡起來不舒服。還有，客廳那沙發太難坐了，妳如果坐在上面看小說，不用一個小時一定腰痠背痛。」

我點點頭，「我再找時間去買。」

她也點點頭，然後說：「那我先走了。」

啊？我跟維遠面面相覷，我們都以為自己聽錯了。最傻眼的可能是維遠，他心裡大概想著：為什麼要叫我當司機？他大忙人，午餐沒吃就算了，還要送妹妹來找姊姊，結果不到十分鐘又要走人。

維妮直接拉著維遠要離開，我還是忍不住對著維妮背影問：「妳今天是特地來看我的嗎？」

維妮身體一僵，回頭過來反問：「不可以嗎？」

「妳不生氣了？」我問她。

她轉身，看著我半晌後，像是豁出去一樣開口，「氣，我會氣妳和沈維倩一輩子，但也會煩妳們一輩子。」

維妮說完，從包包裡拿出某個東西給我，「這種東西不要隨便掉在別人家裡，這是我的個資。還有，不要隨便對別人家大門說話，我跟保全當場都很尷尬。」

原來，那天晚上她都聽到了。

我感動的看著她，再低頭看著她剛給我的東西，心裡一驚，這個小筆記本是我記錄維妮從國中開始拿過的各種資優獎，包括她後來在廣告公司工作拿到的幾個獎項，我全記得清清楚楚。我可能讀書不太在行，但有個這麼能讀書又能幹的妹妹，我真的很驕傲。

本來記錄完國中三年，覺得不要再記了，但她上了高中還是繼續。就這麼一個階段、一個階段的記下去，第一頁都快被我翻爛了，我還拿透明膠帶黏起來。我一直把這筆記本當成是我的幸運物之一，我包裡還有維倩換牙掉的最後一個牙齒，跟維遠的退伍令。

芷言和夢舒都說，如果我對家人的愛，留三分之一在自己身上，我今天肯定不是這個樣子。可是，我就習慣自己這個樣子，也不討厭自己這個樣子，他們很好，我就很好。

有人說這種犧牲奉獻總有一天會後悔，我希望我能證明給他們看，也有人不會後悔的。

每個人要的不一樣，我對自己就是沒有多遠大的抱負，我就是沒有企圖心，能快樂就好了啊！

但現在我最大的困擾就是，為什麼筆記本會在維妮手上？這到底怎麼回事，我完全沒有頭緒。我還在思考這件事情時，就聽到維倩的笑聲。我們三人同時看向門口，看到維倩和陳乙東有說有笑的走進來。

我發誓，我真的沒有看錯，就是有說有笑。我傻眼至極，但最傻眼的事情來了，乙東居然還跟維妮點頭打招呼。

雖然人家說快死了才會迴光返照，閃過人生的跑馬燈，可是我此時此刻，腦海裡也正跑過所有畫面，然後頓時結合起來，我才發現，我的筆記本可能就是那天睡在陳乙東家，急著離開時掉的。

他可能去找了維妮，像昨天他對維倩一樣，不知道跟維妮說了什麼，然後維妮就來找我了。請問他是什麼魔術師嗎？只有這個推測合理，不然我真的不知道怎麼解釋這一切。

維倩直接走向我，從包包裡把一疊錢交給我。

我嚇了一跳，「這什麼？」短短不到二十分鐘，我就震驚了快七百次吧。

「十萬塊。」

「我不是說……」

「不是那存摺裡的錢，是乙東哥帶我去要回來的。」我不敢置信的地方有兩個，第一是十萬居然要得回來，第二是維倩居然叫他乙東哥。我到底錯過了什麼？為什麼事情變化得這麼迅速？我真的措手不及。

「你怎麼要的？」我問陳乙東。

他馬上掏出一把手槍。我和維遠同時倒抽一口冷氣，乙東按了按，泡泡跑了出來。我才又鬆一口氣，「你拿假手槍去要錢？」

他笑笑，「這槍我從頭到尾沒拿出來，我是好好的跟他說說話而已。」我才不信。他也知道我不信，繼續笑笑的說：「放心，沒做壞事，可能言語上比較難聽一點，但我沒動手。」

我沒好氣的瞪著他，完全忘了維妮跟維倩兩人之間的心結，只聽到維妮冷冷的說，「眼睛睜大，不是每一次被騙錢，都可以拿回來。就算拿回來了，也不能證明妳不愚蠢。」

維倩不滿的回，「對啦對啦，我就是笨，我就是沒妳聰明。」

維妮也上前一步反嗆，「妳到現在還沒有接受這個事實？」

我才想上前去勸架，沒想到維遠跟陳乙東一人一手拉住我，陳乙東甚至摀住我的嘴，連話都不讓我說。這兩姊妹就開始唇槍舌戰起來。

維倩不甘示弱的說：「我為什麼要接受這個事實？妳就是聰明反被聰明誤才會當人家小三。」

維妮也大聲起來，「那妳就是笨到智商只有四十才會被詐騙集團騙，然後只會哭哭啼啼，最後還不是要人家幫妳解決。」

「那又怎樣，反正我被騙妳不是最開心了？」

「對啊，我開心了，就是喜歡看妳吃鱉，看妳多跌幾次會不會長記性。以前就講過幾百次，不要走學校後門，那裡常在挖路，結果妳每次走每次掉進去。長大了還是一樣，叫妳不要妳硬要，耳朵不知道在硬什麼。」

「妳有什麼資格說我？還不是自己騎摩托車偷偷去打工，不敢讓大姊知道，結果摔車，我還幫妳騙大姊好幾次。我說我不想騙人，妳說那是善意的謊言。」

「好笑了，我打工賺的錢，妳沒有花到嗎？妳沒拿去買鉛筆盒嗎？」

「妳只讓我買鐵盒的，我想要兩層的那種，妳就是不肯，明明才差三十塊。」

「三十塊就能吃一份早餐了，妳是嫌家裡太有錢嗎？」

「我不能少吃一頓早餐，買我想要的東西嗎？」

維妮大罵，「妳這種就是價值觀偏差，以後長大了看怎麼辦！」

「不好意思喔，我長大了，但我沒有偏差，我沒有亂花錢，而且我也跟妳一樣，上大學就沒有用大姊的錢了。」

「那不是應該的嗎？妳有什麼好拿出來驕傲的？我們家三個孩子，誰不是大學開始就全都靠自己，妳不會被騙到連自己姓沈都忘了？難怪妳一直說自己沒有我聰明，我警告妳喔，出去不要跟人家說我是妳二姊，我會丟臉。」

維倩都快氣哭了，放聲罵，「沈維妮，妳這個醜八怪，老女人。」

維妮冷冷回，「妳才是黃毛丫頭，幼稚鬼。」

維倩受不了，衝上去抓維妮頭髮，兩姊妹就這麼打起來。但說是打，也不算打，就是維倩捏捏維妮的臉頰肉，維妮猛彈維倩額頭，維倩拉維妮耳朵，維妮用腳踢維倩屁股。然後打來打去，把我的手機整個撞到地上，不只她們沒了聲音，連赫拉 Podcast 的聲音也消失了。

維遠上前去幫我撿起手機。我冷冷的問著她們兩姊妹，「打完了沒？」

維妮又踢了維倩屁股一下後才說：「打完了。」

維倩氣呼呼的瞪著維妮，還想動手，我清清喉嚨說：「打完可以回去了。」我看了維遠一眼，維遠實在是有夠識相的一手拉一個把人帶走。

維妮又趁維倩沒注意時拉了一下她的頭髮，維倩氣得跟維遠告狀，「哥，你看二姊啦！都幾歲了……」

維妮一聽到，又開始找機會攻擊維倩，兩人吵吵鬧鬧的被維遠推出去。我第一次聽到聽維遠大聲，「吵死了妳們！」

我笑了出來，望著他們離去的背影，忍不住對陳乙東說：「這樣應該算和好了吧？」

陳乙東站在我旁邊，「哪有什麼和不和好，就是一家人啊，吵完就好了。」

我抬頭看向陳乙東，又忍不住拿手機拍他，「謝謝你。」

「謝什麼？」他轉過頭來看我，見我在拍，沒好氣的瞪我。「又拍？」

我笑笑的說：「因為現在這個最幸福的時刻，我想跟你一起見證。」然後我真的就是情不自禁的親了一下他的臉頰。他嚇得退後兩步，好像我很醜一樣，好像下一秒我就會脫他衣服一樣。

「妳幹嘛？」他驚慌失措，像個被騷擾的少女。

「對不起，我有錄影，你可以告我性騷擾。」我會認罪。

他笑了出來，沒好氣的瞪我。我知道這是他不生氣的表現，我收起手機，很認真的對他說：「維妮的事，謝謝，維倩的也是。你一定不知道我現在心裡有多麼激動，我真的很開心，真的真的真的很感謝你。」

「我只是把本子拿給維妮，讓她知道，妳說愛她不是謊話。我也只是跟維倩說，如果她不冷靜下來，我刀子就要拿出來了。」還能開玩笑？換我翻他白眼。他不在意的笑了笑，「好啦，沒事了。」

那語氣像在安撫我一樣。我也想當沒事，但很難，還有一件事得解決。我直接問他，「你和王貴珍認識很久了嗎？」

他愣了一下看著我，最後點點頭，「算吧，超過十年。但她的事，我沒辦法跟妳說，妳想知道，要自己問。」

我點點頭，我沒怪他不說，這的確是別人的隱私。

我收拾了一下被妹妹們打亂的桌椅，拿了包包準備要走，陳乙東就直接說：「去醫院可能找不到人，小柚出院了。」

「我去育幼院找她，你忙你的。」雖然剛才吵架很精彩，但我一直聽到陳乙東手機震動的聲音，他還能再多陪我廢話十分鐘，我已經很感謝了。

於是我們往不同方向離開。我忍不住回頭看向他的背影，頓時有一種莫名的失落感，好像能再這樣和他相處的時間不多了一樣，所以我忍不住再多看兩秒，然後喊他，「陳乙東！」

他回過頭來，我朝他揮手，我看到他的笑容，忍不住拿起手機又拍，大聲的說：「開車小心，拜拜！」他點點頭後，走去開他的車。

我確認他遠離後，才攔了計程車上車，報上育幼院的位置。我想著等會要怎麼跟王貴珍說話，就這樣想著想著，一下就到育幼院了。我從行政人員常待的辦公處去找，但沒看見她的人，接著再往廚房去，就看到她穿著圍裙的背影。我站在門口掙扎了一下，準備進去時，她正好端著切好的紅蘿蔔轉身，我這才發現她的右手手指，竟然只剩下三根。

我頓時好像腦衝了一樣，過去抓著她的手問，「妳手怎麼回事？」

她嚇了一跳，縮回手，手上那盆胡蘿蔔就這樣掉在地上。她下意識的蹲下要去撿，但很快又縮回右手，只用正常的左手撿。我也幫忙她撿，一直看著她，她卻一直迴避我的眼神。好不容易撿完了，她起身要逃，被我攔住。

「我想要一個解釋。」

她冷冷回我，「什麼解釋？」

「妳為什麼不要維倩的解釋！」她看著我，感覺像在壓抑什麼似的。我很誠實的告訴她，「說真的，妳昨天的態度，我還真的希望維倩沒有妳這種媽媽。但是我不是維倩，我沒辦法幫她做任何決定，我甚至在想，我是不是該讓維倩直接面對妳……」

她崩潰的大喊，「不要！我不想看到她！」

「妳知道妳這樣的反應有多傷人嗎？維倩是妳辛辛苦苦生下來的女兒，她不是妳撿回來養的寵物，不養了隨便丟，妳不覺得自己對不起她嗎？」

王貴珍紅著眼眶，咬牙對我說：「我現在再去認她這個女兒，才是真的對不起她。」

「所以妳到底怎麼了？我知道妳當初離開是因為不想跟我爸吃苦，但妳怎麼可以連女兒都不要？」

她眼淚落了下來，跟我說：「我帶著女兒是能找到什麼好對象？我想說妳爸會照顧她，誰知道他居然死了。我那時候已經再嫁，怎麼可能再把她帶走？」

「妳就這麼確定我能養活維倩？」

「我只能賭。事實證明，我賭對了！」

「妳真的很沒良心！」

「對，我就是個賤女人，所以我也受到懲罰了，我沒了三根指頭，最後淪落到只有這裡願意收留我。我以為這輩子南北兩地不會再相見，沒想到妳居然又出現！如果妳真的為維倩好，就直接告訴她，我死了！」

王貴珍推開我後，往外跑了出去，我整個人虛脫不已。

如果她今天活得很好，日子過得很爽，我可以告訴維倩她死了。但她現在這樣，我怎麼可能說出口？

我記憶中的王貴珍很漂亮、很有氣質，每天早上起床，她就已經打扮好在為我們準備早餐。我們三個只叫她阿姨，即便她後來嫁給我爸，我們仍覺得她像我爸的女朋友，不像個太太，後來當然也不像個媽。

但這也是我們能接受她的一點，她沒有想當我們媽媽的企圖心，把我們當朋友一樣看待，也不過多限制我們，反而讓我們可以和平相處。

至少我記得，維妮生水痘時，連續四天斷斷續續的發燒，都是王貴珍照顧她。光是這點，我其實就無法恨她。

我明白人是自私的，每個人心中都有一個惡魔，會在你最脆弱的時候跑出來吞噬你，只能努力讓自己心中有光。我能走到現在，就靠著他們三道光。

我掙扎著要不要再去找王貴珍時，雲姨進來了。我尷尬的對她打招呼，「雲姨好，不好意思，要來沒跟妳說一聲。」

雲姨笑著拍拍我，「我就喜歡妳把這裡當自己家，想怎麼來就怎麼來。」

「下次一定先去跟妳打招呼。」

「別那麼拘束，要不要陪雲姨散散步？」

我點點頭，陪著雲姨走到小柚練騎車的那個大廣場。我一想，問著，「小柚還好嗎？」

「沒事，食欲很好，精神也不錯，剛還吵著想騎車。鬧了一下，累了就去睡了。」

「那就好。」

雲姨拉著我去一旁長椅坐下。我知道剛才我跟王貴珍在廚房吵架的事，她可能聽見了，所以才會特別帶我來這裡，可能想問我點什麼，或是跟我說點什麼，只是還想著要怎麼開口。

所以我乾脆直接先開口，「雲姨，妳都聽到了吧？」

雲姨直接點點頭，然後拍拍我的手，「要不要聽聽我知道的貴珍？」

「我的確很想知道。」

然後雲姨開始說起多年前的往事。她是在要到育幼院的山路上，撿到王貴珍的。

「我以為她死了。」我心裡一抽，雲姨又繼續說，「但後來發現她還有氣，便報警送醫院。後來才知道她被家暴得很嚴重，丈夫吸毒，精神渙散時，不小心把她的手指砍掉了。」

我真的以為自己聽錯了。這根本就是社會案件，怎麼可能發生在身邊？太可怕了，我的語氣不自覺的發抖，「那後來呢？」

「後來她丈夫被抓了，我以為她的惡夢結束了，沒想到她居然不要命，往自己手腕劃了好幾刀，還擋住病房門。剛好我來探她，才發現這件事，命再一次救回來。應該說不只一次，是好幾次。我沒看過死意這麼堅決的人，問她什麼也不肯多說。但醫院那裡已經在催著出院，我籌了筆錢，幫她付了住院費，把她帶到這裡來，告訴她，要死可以，先把錢給還了吧。」

「所以她就留下來了？」

雲姨點頭，接著又笑笑說：「是啊，那陣子剛好我身體不太好，她就幫我照顧孩子們。久了就有感情了吧，孩子們也依賴她，她就這樣一直待著。我拜託認識的律師，想辦法讓她和丈夫離了婚，從恢復自由那天開始，才多少能看到她的笑容。這也是最近幾年的事了，她其實滿辛苦的。」

是啊，以雲姨的角度是這樣子沒錯。

「維芯啊，我不會說別怪她，但我希望妳給她一次機會。」雲姨幾乎是用懇求的眼神看著我。

可是我能給的回應只有這樣，「她拋棄維倩、丟下維倩，都是她給維倩的傷害。我給不給她機會不重要，重要的是維倩怎麼想。但她一點都不想跟維倩相認，我不可能讓維倩受到二次傷害。」

「但妳也怕。要是不說，可能會成為妳小妹人生最大的遺憾，所以妳今天是來確認的對嗎？」

只能說薑是老的辣，我沒說話，但雲姨知道我的答案。

她同情的看了我一眼，拍拍我的肩，「這也是妳的考驗，加油！」然後起身離開。

我看著雲姨離去的背影，好希望能從這中間得到什麼靈感，但沒有。只等到雲姨回頭說：「餅乾店開了告訴我啊，我要下單呢。」

我笑了笑點頭，其實她不用下單，我願意隨時提供。

我看著天空慢慢暗了下來，叫了計程車，本來想回家，但還是請司機送我到最近的大賣場，補補貨。我也好幾天沒做餅乾了，再來練練身手，明天就可以把餅乾再拿去給孩子們。

於是，我很快採買完，又大包小包搭公車回家。從大馬路走進巷子裡，突然一輛黑色高級轎車從我身旁快速開過去，然後在往陳乙東家方向的那個斜坡急停。雖然有點距離又有點暗，可是我看得出來從後座下車的人是陳乙東。他快步繞過車尾，站到另一邊的車門旁，很恭敬的樣子。

接著那邊車門的窗戶好像按了下來，一支拐杖很不客氣的往陳乙東身上戳了過去。不只一下，不停的戳了好幾下。那力道讓我覺得，再用力一點，或許就會刺穿陳乙東的胃或是心臟。

我看了很難受，忍不住快步上前。真的很想叫車裡的人好好說話，有必要一直戳一直戳，是把陳乙東當香腸在烤嗎？就在我氣呼呼快要走到車邊時，車子就又踩油門迅速開走了。

我還想追上去，被陳乙東拉住，他一臉驚恐的看著我，「妳想幹嘛？」

「是他想幹嘛？為什麼要這樣一直戳你？」

「事情沒辦好，被教訓是應該的。」他解釋著。

但我聽不下去，沒好氣的伸出食指戳他胸口，「那我覺得你這樣很傻，你被我教訓，我也覺得很應該！」

然後戳到某處，他悶哼一聲，我直接二話不說，把他拉回我家，推他進門。他又氣又煩躁的說：「妳到底要幹嘛？」

我直接站到他面前，一把拉開他的襯衫，他不知道什麼時候又受了傷，傷口才剛癒合，因為他老闆剛剛瘋狂的戳，又把傷口給戳裂，那條縫合傷口的線開了。我無言以對。

他揮開我的手，把衣服拉好，說了一句，「沒事。」

聽到這句，我更加火大，「傷口又裂了還說沒事？很想血流成河？」

「妳不要那麼誇張。」

「因為我在意啊，我看你這樣我會心疼啊！」反正他都知道我喜歡他了，我也不想在那邊扭扭捏捏，他卻在那邊尷尬起來。

現在是尷尬的時候嗎？這位大哥？我生氣的繼續說：「你慣老闆是不是？你為他拚命，他教訓你就算了，你還不能有意見，這什麼道理？他是你老闆，不是我的，下次如果我再看到他這樣，我一定上去跟他吵。」

他突然嚴肅起來，拍了桌子，「不准妳亂來，以後離那台車遠一點。」

我先是嚇了一跳，但很快就恢復到為他抱不平的情緒，反駁他，「那你就不要受傷啊！不然，你離職嘛，不行嗎？你有簽賣身契是不是？多少？不夠的我可以先借你啊！不要說什麼你們有滴血認兄弟，那只是電影裡演的！也不要說什麼你得還恩情，反正什麼理由都一樣，想辦法離職啊……」

他突然大聲打斷我，很生氣的說：「妳已經越界了，我今天發生什麼事，都和妳沒關係。妳最好別雞婆、別管，剛那些話也不准在外頭亂說，從今天開始，我們路上遇到就當不認識。」

「什麼意思？」

「意思就是妳不要對我有任何感情，因為我對妳沒有。從現在開始，我們連朋友都不是。」他說完，很瀟灑的直接走人。我的眼淚毫無預警的掉了出來，即便他剛對我說了那麼狠的話，我還是只想提醒他，記得擦藥。

我難過到坐在椅子上大哭，好像同時失去一個好朋友，跟一個好喜歡的人。我真的不能理解，替他心疼是錯的？可以讓他生氣到連朋友都不想跟我做？

我真的整整想了一個晚上，還是不明白。

但可以確定的是，接下來幾天我都沒有看到他，就連小弟經過，也當沒看到我一樣。陳乙東就好像是個我曾經夢到過的人，有點記憶，只是記不清楚。

我很努力讓自己保持正常生活，即便我現在就跟失戀沒什麼兩樣。

本來做好，該親自送去育幼院的餅乾，我全用寄的。負氣的成分在，既然他不想看到我，那我就閃遠一點。至於王貴珍的事，我打算先放在一旁。另一方面，因為可能事情講開了，維倩不再那麼叛逆，偶爾還會在群組裡撒嬌，維妮就會直接吐槽她，兩人又會在裡頭吵起來，但這些對話，卻是能讓我心情好一點的方法。

我笑不出來，卻在看到她們鬥嘴的時候笑出來。

維妮這兩天就要下高雄處理工作室的事，可能要住一陣子。維遠在群組裡提議一起吃頓飯，大家很快就都答應了，然後維倩又傳了訊息來，「要不要約乙東哥一起？」

維妮和維遠很快就回傳了，「好！」「可以！」

可是，已經不是好不好，可以不可以的問題了，是他根本不想見我，又怎麼可能會來？

維倩丟出最後一句，「那就交給大姊約了，哥明天來載我，晚安。」

維妮也丟出最後一句，「先載我再去載維倩，晚安。」

維遠無奈的丟出一句，「我什麼時候變妳們司機了？晚安。」

我也只能回他們一句，「晚安。」

然後，全世界只有我知道，

明天只會有我出席。

第十章

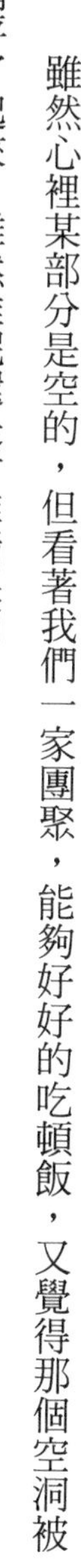

雖然心裡某部分是空的，但看著我們一家團聚，能夠好好的吃頓飯，又覺得那個空洞被補平了起來。雖然維妮還是對維倩很凶。

「沈維倩，妳到底會不會涮肉？放那麼久，肉都硬了！」

「我會吃肉！」維倩也不客氣的回。

兩人的筷子就在鍋子裡打架。維遠受不了的罵，「好了沒啊妳們，下次不跟妳們吃飯了，吵得要死，一見面就在吵，都不會累嗎？」

然後維遠兩個親愛的妹妹異口同聲的喊，「不會。」

維遠都快氣炸了，轉頭看我，示意我出來主持公道。我笑笑搖頭，愛莫能助。我看著維遠，想起維妮那句，「我不只是沈維倩的姊姊，我也是妳妹啊！」突然我有一種頓悟，「沈維遠你不只是我弟，還是她們的哥哥。」

他過去一直在國外，這兩年才回來，說實在話，這對姊妹在跟我鬧彆扭時，他可能在睡覺。我真心覺得我要把某部分的責任放下，他願意擔就擔，不願意擔就算了。

我肩膀上不想扛得那麼重了。

接著，更突然的是，我發現自己獨立很好，原來眼不見為淨是真的，我不用擔心維倩衣服亂丟、東西亂吃，也不用擔心維妮性格不好，四處為敵。反正我都沒看到，在我知道之前，她們自己解決好就行了。

而我只要處理好我自己就可以了。

原來人生最有成就的不是你賺多少錢，而是你如何不造成別人的負擔。

維遠見我繼續吃東西，沒打算跳出來講話，氣得又挾了一堆食物丟進我碗裡，很不爽的說：「多吃一點！」

「好啊。」我笑笑回他，他氣到不看我。

但最白目的不是我，是維倩。在我咬下熱騰騰的鴨血時，她居然問了我一句，「大姊，為什麼乙東哥沒有來啊？不是叫妳約他嗎？」我頓時被鴨血嗆到，整個喉嚨像火在燒一樣，咳到眼淚都掉出來了。

「妳有事嗎？吃個東西也那麼不小心！」維妮邊唸我，邊倒水給我喝。

我不知道咳了多久，才有辦法出聲，「沒事、我沒事！」順了順氣後，換維妮問我，「乙東是沒空嗎？」

我點點頭帶過，希望她們不要再問這個問題。

幸好維倩的手機震動了，她看了通話顯示，緊張的說：「可能是早上去面試的公司打來的，我出去外面接。」然後一溜煙就跑走了。

我看著維倩的背影，真心希望老天爺能善待她一點。接著我回過頭，想再繼續吃東西時，維妮抽走了我的筷子，然後問我，「發生什麼事嗎？」

「什麼？」

「別假了，妳只要心裡有事的時候都會挑眉。」

「最好是。」我都不知道。

「以前收到帳單，妳就是這個表情啊，快點說。」

維遠也抬頭看著我，像要把我看穿一樣。我有點害怕他們的眼神，最後還是坦承說了我遇到王貴珍的事，當然也包括她跟我的所有對話。維妮聽完，氣得失控拍桌。

「冷靜，妳再這樣下去，以後全台北火鍋店都會抵制我們。」上次在別家吵，這次在這家吵，下次可能還會吵。為了全台北市民朋友，我們下次會在家煮火鍋。

「她是什麼東西？不要維倩就算了，她姓沈是我們家小孩，不是她的，她有盡過什麼當媽的責任嗎？」然後維妮矛頭指向我，「妳還好好跟她說？有必要嗎？有嗎？沒賞她兩巴掌真的算好了。以前我們家有對她很差嗎？我們三個有對她不禮貌嗎？妳這樣幫忙她把維倩養大，她還這種態度？還能這麼無恥的說不想認維倩這個女兒……」

維妮罵到一半，維遠突然看著我身後，然後大聲喝斥，「維妮！」

我和維妮都嚇了一跳，眼神順著維遠看去的方向望過去，維倩就拿著手機站在我們後頭差不多一百公分處。因為柱子擋住再加上人潮，我們完全沒有人發現維倩已經講完電話進來，更不知道她到底站在那裡聽多久了。

我們四個就處在那種敵不動我不動的狀態裡。最後維倩還是跑走了，我和維妮追去，維遠負責收包包跟付錢。分工合作，這可以說是兄弟姊妹多的好處？

我腿短跑不快，維妮和維倩兩個都名模身材，維妮一下就追到維倩，死命的拉住她。「妳是要去哪？妳先說。」我隨後跑到，見維倩什麼都說不出口，只有眼淚不停掉下來。我上前抱住她，她開始放聲大哭，哭到維遠也趕上我們了，她還是在哭。

最後維妮受不了的說：「妳如果還要哭，我們先回家，體諒一下路人的心情，他們一點都沒有想看妳哭。」

維倩這才收拾情緒，抬頭對我們說：「我要去找她。」

「不准去。」維妮馬上拒絕，「去當面認清她有多殘忍，妳才會開心？」

維倩直接回應，「對！」

維妮氣罵，「沈維倩，妳是瘋了嗎？」

維倩哽咽著，抹著要掉下的淚水，「我不知道，但我真的很想見她一面，我一直好想問她為什麼要生我下來？為什麼生了我又不養？為什麼可以拋棄我？是因為我不夠可愛、不夠漂亮、不夠聰明？還是我本來就不應該存在？」

「誰說的，妳就是我妹，就是沈家的第四個小孩。妳下次再給我說這種話，妳這輩子不用叫我二姊了，是妳先不要妳自己的，不是我。」

維倩又掉下眼淚。維妮上前抱住維倩，也紅著眼眶，「對不起，過去是我這個二姊錯了，是我太小心眼，是我只想著自己，還說出那麼過分的話，我跟妳道歉。可是在我心底，我從沒有否認過妳是我妹妹這個事實。我不管王貴珍說了什麼，妳就是我們的妹妹，是我沈維妮的小妹。」

維倩一聽，抱著維妮放聲大哭。維妮輕拍著維倩，我站在一旁，雖然王貴珍給了她傷害，但現在可以給她溫暖的人，不只我，還有維妮。

然後，維遠突然開口說了一句，「走吧！」

我們三人對看一眼後，維妮問他，「去哪？」

「維倩不是說要去找人嗎？」

「你幹嘛跟她起鬨啊？」維妮沒好氣的看著維遠。

但我跟維遠的想法一樣，既然維倩知道了，那她就有決定怎麼做的權利，我只能支持。所以我再一次和維倩確定，「維倩，妳真的想去嗎？可能會比妳剛剛受到的傷害還要大，妳可以接受嗎？」

維倩想了想之後，還是點點頭。

於是我們四個人在半小時內到達育幼院。我帶著他們先去找雲姨，並且跟雲姨說明來意。她掙扎了一會說：「我知道你們的心情，但我也得照顧貴珍的情緒，我也得尊重她見不見的意願……」

我們所有人看向維倩，維倩深吸口氣說：「麻煩雲姨幫我通知，如果她不見，我會走。」

看著維倩堅定的表情，頓時，覺得我這個小妹真的長大了。

於是雲姨離開了辦公室，維倩迎向我們三個人的擔心的眼神，笑笑說：「你們幹嘛都這麼嚴肅啦！」

維妮嘆了口氣後，上前摸摸維倩的頭，「怕妳小心臟承受不住。」

維倩則是搖搖頭說，「拜託，被拋棄又不是第一天，我有什麼好怕的。」

維倩一說完，辦公室的門被推開。我們四個人同時轉過頭去，真的覺得就連空氣裡的漂浮粒子都停住了一樣，結果走進來的是陳乙東。他提著一袋玩具，手裡抱著一隻娃娃，喊著，「雲姨……」

結果看到我們四個人，陳乙東也嚇了一跳，退了一步，眼神從維倩、維妮再到維遠，卻故意跳過我。這讓我覺得很受傷，但他不會不知道，因為他眼裡沒有我，他只是問著維倩，「你們怎麼都在這裡？」

維倩不知道該怎麼解釋。

下一秒，雲姨帶著王貴珍進來，和維倩兩人一瞬間眼神相對，就是這麼有默契，我們其他人也是，把空間留給她們，然後到辦公室外頭去等。

雲姨帶著我們到另一間小一點的會客室，說要去準備點心和茶水。我自告奮勇想陪雲姨去，沒想到維妮突然喊著說她要去，然後就拉著維遠一起去，頓時會客室裡又只有我跟陳乙東，我們還是一句話都沒有。

偶爾他看向我，但眼神很快轉走。偶爾我也會看向他，但迴避眼神的人仍然是他。我覺得很嘔，就我一個人在難過，他像躲避著我一樣，在最角落的椅子上滑手機。我決定把這個空間留給他，轉身走出會客室時，不小心踢到椅腳，痛到我眼淚都要噴出來了。

沒想到他還是坐在那個位置上，看著我痛。

就算真的不當朋友，路人都還比他溫暖一些。我覺得糗，想迅速離開時，才發現我穿著涼鞋的腳趾，因為剛剛那一踢，趾甲翻了一些起來，然後正在流血。但就算是這樣，我仍然抬頭挺胸，忍著痛，裝沒事的想走出去。

結果他不知道是哪根筋不對，快步過來拉著我，有些生氣的說：「腳都流血了妳沒看到嗎？」

我掙開他的手，拖著痛腳想離開，正好碰上雲姨他們回來，見我腳受傷，唸了一頓陳乙東，「阿東，你是怎麼搞的，我們才離開一下，維芯就受傷了？然後你還站在這裡？」

陳乙東其實有些無辜，我開口解釋，「沒事，我自己踢到椅腳的，我才剛想出去拿醫藥箱……。」

「這裡就有啦！」雲姨邊說邊找出來，我伸手要去拿，她卻交給一旁的陳乙東說：「趕快幫維芯擦藥啊，愣著做什麼呢。」

陳乙東看了我一眼，我直接拿過他手上的醫藥箱，誰也不叫，我自己上藥。他們喝著茶，吃著我前天寄來的餅乾，眼神卻都一直往外頭看去。我們都在等，但其實也不知道等的是什麼，等一個結果？

可什麼又是真正的結果？

我忍痛擦好藥後，維倩也正好走進來。從她的表情，我看不出什麼情緒，她只對我們說：「說完了，我們回家。」

於是，我們什麼也沒問，就帶著維倩離開。當然我和陳乙東的眼神，還是像磁鐵的兩極，我們甚至一聲再見也沒說就走了。最後在要上車的時候，我瞥見了王貴珍的身影。她就躲在柱子後面，看著維倩上車，那個眼神一點都不像是不要自己女兒的媽媽，我發誓我真的沒有看錯。

人生各有各自的關，但最怕的是拿自己的關來為難別人。

路上，維倩說晚上想住我那裡，我當然應好，然後就沒有人說話了。到家後，維遠跟維妮也沒走，拿吃消夜當藉口，大家有一搭沒一搭的聊著，就是沒有人敢問維倩和王貴珍說了什麼。

但我直接問了，因為維倩的狀況看起來比我想的好太多。「所以妳們講了什麼？」

維倩先是愣了一下才說：「也沒講什麼，都是我在罵她吧，我罵她拋棄我，罵她害妳這麼辛苦，罵了很久很久，罵到我還說我希望她去死，但其實講出來我就後悔了。」

我伸手緊握維倩的手，我這才發現她正在微微顫抖。她繼續說：「我罵到哭出來。剛才要去的路上，還警告我自己絕對不能哭，哭就輸了。」

傻孩子。

「但我還是哭了。後來她也哭了，她跟我說，要我這輩子都不要認她。她知道她沒有養過我，所以也不要我拿未來跟她陪葬，叫我自己賺錢好好過日子，以後她是死是活我都別插手，就算真的死了，也不要我花錢幫她下葬。她是不是瘋了？」

可是我突然能理解王貴珍的心情。

「她就是知道錯了吧！」我說。

「沈維芯妳聖人？知道自己錯還那種態度？」維妮沒好氣的唸我。

我拍拍坐在我另一邊的維妮，「那妳希望她一看到維倩就巴著她，要維倩盡女兒的責任跟義務？你們看到她手指斷了嗎？」他們三個人頓了一下，我知道他們都看到了。

接著我繼續告訴他們，「我聽雲姨說，好像因為之前家暴的關係，王貴珍留下很多病根，還確診過癌症。雖然說現在控制住了，但以後會怎樣，誰也不能保證。或許，她不想拖累維倩，才會用這種態度。」

他們都安靜了，我深吸口氣說：「我不是要幫王貴珍講話，只是突然覺得她不想認維倩或許是這個原因。一切都看維倩自己怎麼決定，我覺得認不認媽，接不接受這個媽都是其次，最重要的是維倩妳自己的心情，妳怎樣舒服怎樣來，我們都支持妳。就算妳今天跟我說，大姊，我還是想要這個媽媽，我想把她接回來住，我一樣會答應妳，前提是妳要快樂。」

維倩緊緊抱住我，「謝謝大姊！謝謝！」

「都不用謝我們了？我們就沒有跟妳奔波？」維妮故意這麼說。

維倩以為維妮真的生氣了，趕緊再抱抱她，「謝謝二姊。」又過去抱維遠，「謝謝哥。」然後對我們說，「我現在什麼想法都沒有，我只想先找到工作。雖然我還是很恨她，但我沒有那麼討厭自己了。」

維倩說完，換我要哭了。

能不討厭自己多好，我這個大姊現在還不如我這個小妹呢。

維倩的成長，沒有讓我的感動持續太久。她突然就問，「大姊，妳跟乙東哥吵架了？」我猝不及防，差點心肌梗塞。我裝沒事的搖頭，結果她們姊妹異口同聲的說：「那就是有。」一人一句又開始問，為什麼吵架？還在冷戰嗎？你們感情不順利嗎？為什麼他們都以為我和陳乙東在一起？

我一個問題都不想回，推著他們三個人離開。維倩大聲喊，「妳不是說晚上讓我住這裡嗎？」

我在關門的同時回應維倩，「妳可以住妳哥或妳二姊家，晚安。」於是剛才的吵吵鬧鬧又恢復了平靜。

我想，我的心也會一樣，因為喜歡陳乙東而吵吵鬧鬧，但也會因為時間過去，而又變得安安靜靜。

不要碰面，不要去想，自然就會忘了。

可老天爺就是很煩，當你想好怎麼做時，他就是會再踩你一腳。我越不想看到陳乙東，就越常在某個轉角、某個街道、某間便利商店遇到他。全都是一樣的反應，剛好看到對方，然後轉頭當沒看到。

我真的很討厭這種狀況，我是他的仇家嗎？

就連剛剛去買個便當走出來也能碰到他。但我們要走的方向是同一邊，為了他說的保持距離，我只好又走到對面，隔著一條馬路，另一種肩並肩往回家的路上走去。

然後說不看他，偶爾還是會偷瞄個一、兩次。沒想到我再看過去的時候，就看到那個煩死人的婆婆居然正在對他推銷紅線。我傻眼，婆婆到底有多陰魂不散？接著，就看到他拿出一千塊來直接給那個婆婆。我本來想大喊那是詐騙集團，但想想算了，反正他有錢。

但很不爽的是，那個婆婆居然對我得意的笑。

我懶得再看，想再過馬路，好比陳乙東快一步回家時，明明剛剛看綠燈還有二十秒，結果我走到一半突然變紅燈。一台車子完全沒有減速的朝我疾駛而來，我有些傻住，才想快步跑過去時，一道力量把我拉了過去。我才剛站穩，就聽到陳乙東大罵，「妳不要命了？不看紅綠燈？差點就出事了！」

我看著他緊張的表情，覺得莫名其妙，真的是忍不住問他，「不知道的人，還以為你喜歡我，才會這麼擔心我。」我是說真的，他一副很怕我消失的樣子。但其實最希望我在他面前消失的人，不就是他，陳乙東先生嗎？

他馬上放開我的手。

我真的很受傷，但也只能無奈一笑，「放心，我是知道的人，所以我不會誤會，我們繼續保持距離，我會離你遠遠的，不要擔心，不要害怕，我不會吃了你。」說完，我轉頭就走。

但其實眼淚在一轉身當下就掉了下來，我不知道我的喜歡讓人這麼恐懼。我快步走回家，但是便當也吃不了。我躲在棉被裡，因為最近的壓抑而哭了出來。

然後哭到睡著，再起床時，已經天黑了。

「怎麼辦？晚上怎麼睡？」我看著窗外的月亮，害怕今晚又只有跟它乾瞪眼。我只好起身下床，也不想梳洗，覺得肚子有點餓，本想吃中午買回來的便當，結果一打開已經酸掉了。只好拿了些錢，走到外頭大馬路上的便利商店去買些食物。

經過酒區，我忍不住再買了瓶威士忌，心想，喝點酒會更好睡吧。於是我坐在便利商店外頭邊吃邊喝起來，結果喝不到三分之一瓶，我的頭就開始有點暈了，想趁還沒醉死之前趕緊回家。雖然我不認為有人會撿屍，但我很怕有人會踩屍。

完全沒注意到我，就從我身上踩過去的那種。

沒想到我才走到巷口，就看到文珊居然站在那裡，帶著她的小孩，對著我身後揮手。我回頭，看到陳乙東朝文珊微笑頷首。文珊帶著孩子走向陳乙東，兩人寒暄起來，雖然不至於很熱絡，但，怎麼回事？

一個騙他十年的女人，還能夠跟說說笑笑，然後我呢？

我真的差點沒把手上的威士忌朝他丟去。

我轉身快步離開，完全不想看陳乙東對文珊笑，一回到家，氣到把那瓶酒給全喝完了。我以為該更要醉更暈才對，但居然沒有，我又去把之前芷言帶來沒喝完的紅酒，全喝掉，又開了啤酒繼續喝，喝到我抱著馬桶吐，愈想愈生氣，氣到我乾脆直接衝出門。

搖搖晃晃的走到陳乙東家，想按門鈴又突然不敢按。連想要罵他，我都可以這麼孬。我就這麼蹲在他公寓底下的大門口前，默默的掉眼淚。知道自己沒種，也害怕再更傷心，起身想要離開，結果一陣大暈眩，酒意像在我身體裡瞬間爆炸一樣，發現眼前好像出現五個陳乙東時，我不支倒地。

一直到覺得口乾舌躁，才又緩緩醒來。當我看清楚自己在哪裡，我一樣很驚訝，居然在陳乙東家？我悄悄溜下床，但酒精讓我實在很難小心翼翼不出聲音，我一路跌跌撞撞，緩緩的打開門，外頭天還是黑的，想趁陳乙東還沒發現快點離開。結果一打開門，躺在沙發上的一道人影就冷冷的說，「做賊嗎？」

下一秒，整個客廳就亮了，他站起身來看著我。

我不看他，只是說了一句，「我先回家了。」

但腳步跟不上腦，轉身又撞到茶几，跌坐在地上。我不懂為什麼我總是這麼糗、這麼丟臉，人家文珊就算帶著個孩子也一樣氣質滿分，我穿著醜到不行的居家服，頭髮又隨便亂綁，也難怪陳乙東對我沒興趣。

我努力想站起身，但又重心不穩。陳乙東站到我面前，把手伸向我，我覺得丟臉，伸手扶著沙發站起來，然後對他說：「你就不該把我撿回來，你就讓我睡在門口不就好了嗎？還是你真的看我可憐，覺得沒有把我帶回來，良心會過意不去嗎？不需要，你不要讓我變成更可悲的人。」

說完，我推開他要走，又因為不熟悉他家門打開的方向，站錯位置，用力一打開門，門就直接打在我鼻子上。我整個痛到退了兩步，伸手一抹，才發現自己還流鼻血了。比起痛，比起止血，我現在更想做的就是活埋我自己。

羞愧到眼淚噴發，我急著要走，陳乙東拉住我，「妳別鬧了，先止血。」

我想掙開他的手，但他死不放。我喝了酒，明明平常很討厭人家發酒瘋，但我現在就在做，人生就是一段打臉自己的總和。陳乙東好像是被我氣到了，先是抱住我箝制我，然後吻了我。

他真的很瘋，我在流鼻血耶。

我氣得推開他，「你不是說要保持距離，你不是討厭我，不是不喜歡我？那你現在在幹嘛？」

「有一種喜歡叫不能喜歡，妳懂嗎？」

「不懂，我只知道喜歡就是喜歡。」

我們就這樣對峙著，他深吸口氣說：「我這條命不是我的。」

「我的命也是老天的。」

「妳有沒有想過，如果明天我就死了呢？」

「那我只有一個想法。」

他愣愣的看著我。這次換我走向他，換我吻住他，然後對他說：「我會不想有任何遺憾，我真的超級喜歡你，陳乙東。」接著他吻了我，我不知道這個吻代表了什麼，是他也不想有遺憾，還是他也喜歡我？

但這我都不管了，因為我們現在就是擁有著彼此。

再次醒來，我全身無力加痠痛，加上宿醉頭，好像被戰車輾過去一樣。我動彈不得，眼睛只能眨啊眨的，轉頭看一旁的床位，陳乙東不見了。我努力坐起身，想找衣服穿的同時，竟然發現手上綁了條紅線。

我想起了陳乙東拿一千塊給婆婆的事，本來很想拆掉，但想想是他親手幫我綁上去的，我就不拆了。

自以為是定情物。

我穿好衣服走出去時，才發現已經下午了，我居然睡這麼久。我喊著陳乙東的名字，但沒有任何回應，我以為會像電影演的一樣，至少留個紙條寫著，「等我回來」之類的。

但什麼都沒有，他好像就是跟我上完床之後，要去路口包便當，沒有什麼好特別交代的。我無言以對，他是不是上完就想當沒事？

但我想負責任啊。

結果我在他家裡等到天黑，還是等不到人，只好先離開。走回家裡，才發現我家燈是亮著。我心裡一陣欣喜，他該不會以為我早走了，所以在我家等我？我開心的開門進去，才要喊他名字的時候……

就看到我的弟妹正在一樓店面，吃鐵盤烤三層肉？

「你們知道這味道很難散掉嗎？」我沒好氣的說。

維倩吃得多開心，回我一句，「不會啦，我們有開空氣清淨機。大姊，快來吃，哥請客的。」

我拿他們沒辦法，只能坐下，但又忍不住好奇的問：「你們怎麼進來的？」

「上次住妳家的時候，我把備份鑰匙拿走了。」維倩說得理所當然，然後她又補了一句，「我還再去打兩支，哥跟二妹都有了。」

我傻眼，「我有隱私耶……」我話都還沒有說完，維妮就往我嘴裡塞了一大口菜包肉，本來還想唸，但因為肚子太餓又加上太好吃，我只能對食物妥協。然後維妮問我，「妳穿這個樣子是跑去哪了？本來以為妳跟芷言姊她們出去了，又不像，感覺很像去誰家剛睡回來一樣……」

我差點沒被她這句話噎死，「亂講什麼啦！」

「妳這年紀很正常好嗎？沒人陪睡才奇怪。」維妮又一直講。維遠則是頻頻點頭，維倩再補了一句，「我先說，我支持乙東哥。」

當然，我也支持他好嗎？

我們四人邊吃邊聊，但我總是忍不住往外頭望，很想看看他會不會進來。我甚至還在想，我怎麼可以到現在還沒有他的聯絡方式？這真的是有夠莫名。突然維妮抓著我的手問，「哪來的紅線？」

維倩一臉可惜的說：「還在綁紅線，那就表示還沒找到對象啊，如果找到了就要拿掉，不然不吉利耶。是說乙東哥不好嗎？我很喜歡他耶……」維倩的話在我腦子裡嗡嗡作響。

所以這條紅線根本不是陳乙東給我的定情物，他是在告訴我，「不好意思，請妳再去找下一個。」這樣好像就能解釋，為什麼上完床後，他人會不見。不是去買便當，是無法面對我。

接下來，我只能壓抑著情緒，有一搭沒一搭的和大家聊著。等到他們都離開之後，我整個人才好像被掏空了一樣。我想找陳乙東問清楚，但才走到門口我又退縮了。

他又沒有承諾過我什麼，不都是我自己強求來的嗎？

我現在再去找他，要說什麼？如果他說就是一夜情，那我要回答什麼？可以兩夜，或很多夜嗎？我還要把自己的尊嚴丟到什麼地步才可以？

我深吸口氣，努力讓自己起身上樓，也很努力的去洗個澡，然後在浴室裡邊哭邊下決定，從現在開始要把陳乙東丟出我的生活之外。

然後，我就這麼一直說服我自己，一直催眠我自己，一直一直一直，直到我默默睡去。恍惚之中，我好像看到了陳乙東，我好像被他摸了摸頭，他好像在我耳邊說了什麼，但我沒聽懂，也聽不清楚。

反正是夢。

接著我就被搖醒了，我迷迷糊糊坐起身，看見維倩紅著眼眶，還在搖著眼睛有些睜不開的我，聲音緊張的猛喊，「大姊、大姊！」

我被她的聲音喊到有些緊張，趕緊揉揉眼睛，看著維倩問，「怎麼啦？」維倩一臉欲又止，但那表情看起來就是不對勁，就是有事。

「快說啊？又跟維妮吵架了嗎？」

維倩猛搖頭，像是說不出口似的把手機遞到我眼前。是一則網路新聞，上面寫著「警方凌晨破獲大型製毒工廠，雙方發生槍戰，造成二死四傷，正氣盟盟主當場被逮。」

我一臉不解的看著維倩，「然後呢？」

維倩趕緊再滑了下手機，指著上頭的字給我看，「死亡名單陳乙東、廖健才。」我以為我看錯了，深吸口氣再看一次，陳乙東的名字沒有變成甲東，也沒有變丙東，就是真的陳乙東。

「不可能。」我說，我甚至還笑了，「絕對不可能。」

但身體還是不聽使喚的下床。我跌跌撞撞下樓，然後往後頭陳乙東家公寓去，我可以接受他不要我，但我不能接受他死。

維倩追在後頭，一直喊我、拉我，「大姊，妳冷靜一下，妳要去哪裡？」

我沒理她，只是快步的往前走，然後愈接近陳乙東家，我開始看到了警車，不只一台，而是一排，幾乎是往後延伸到上方老闆的豪宅去。我看著警察不停的往屋裡搜東西出來，我站在封鎖線前，整個人頓時全身無力，是維倩扶住了我。「大姊！妳沒事吧？妳來這裡幹嘛啊？」

我不能接受，不能，這還是夢吧？

維倩見我沒有回應，問著站在一旁的看戲的路人說，「發生什麼事了？」

伯伯一臉不敢置信看著維倩說：「妳不知道？新聞都有在報啊，頭條呢，住這裡的那個老大昨天被抓啊，現在房子裡人都跑光了，聽說還死了兩個。」

維倩這才搞清楚狀況，「這、這是乙東哥家？你們住這麼近？」

不，遠了，這次比保持距離更遠，更遠……

下一秒，我像是放棄一切，看了眼天空後，累得把眼睛一閉，我就醒不過來了，多希望就這樣永遠不醒算了，這樣陳乙東是不是還會在？

我是這樣打算的。

但當我醒來，看到所有的人圍在床邊，雲姨、小柚、維遠、維妮、維倩還有芷言跟夢舒。大家都在，就只缺陳乙東。

現實又喚醒我的痛苦，可我哭不出來。

雲姨紅腫著雙眼，擔心的看著我，「沒事吧？妳都昏了三天三夜，還好嗎？」我沒有回答，因為我沒辦法回答，我連開口講話都沒有辦法。我再次閉上眼睛，但這次睡著之後，就可以開始正常的醒過來。

只是，這個世界突然沒了陳乙東，我無法正常。

我知道大家都很擔心我，出院後，每天輪流來我家跟我說話聊天。雲姨一講到乙東就是哭，「我真的不知道阿東居然去做這種骯髒事。那時候他離開育幼院，答應過我不做壞事，怎麼會這樣？一個好好的孩子就這麼沒了。」

我相信他沒做壞事，一直到現在，我還是這麼覺得。

突然，維妮和維倩走了進來，後頭跟著王貴珍。雲姨愣了一下問：「妳怎麼也來了？」王貴珍拿出一支手機，「我在整理小柚的衣櫃，發現他的抽屜裡有一支手機，好像是乙東的，我想維芯可以看一下。」她說完，把手機遞給我。我遲疑了很久，深吸口氣，才滑開螢幕。

手機的螢幕桌布是我。

是正在幫他擦藥的我。原來我拍他之前，他也偷拍我了。

頓時，我又終於能哭了。

我顫抖的點進去相簿，裡頭全是我的照片。我在剪紗布、我在整理東西、我在吃麵、我喝醉躺在他家。還有最後一晚，他用這支手機拍下我跟他的合照，只是那時候的我睡得有夠醜，但他笑得好燦爛、好燦爛。

我眼淚不停掉著，卻哭不出聲，痛埋在心裡、血液裡，我好想向上天大喊：把陳乙東還給我。但是喊不出口，我真的好痛、好痛……

維妮和維倩抱住我，她們也哭了。

王貴珍忍著哽咽說：「我上星期整理小柚衣服時，很確定沒有那支手機，乙東好像知道自己會發生什麼事一樣，才把手機藏在那裡。」

我想起了他對我說的那句，「有種喜歡叫不能喜歡。」

此時此刻，我才真的明白這句話的意思。

我深吸一口氣，說出這幾天來我的第一句話，「你們讓我一個人靜靜好嗎？」

大家都遲疑著，維倩更是擔心我，才想開口時，維妮拉著她，搖搖頭示意別再說，然後對著雲姨和王貴珍說，「走吧，下樓，我煮咖啡給大家喝。」

她們離開後，我再把相簿重新看一次，邊看邊哭。我可以很確定這真的是他要留給我的，裡頭只有我的照片，通訊錄也沒有任何電話號碼，就是支乾淨到不行的手機。

看著桌上面上的記事本 app，我點了進去，裡面只有一篇，標題是「有一種喜歡叫很想喜歡」。

內容只打了三個字，「沈維芯。」

我痛哭失聲，哭著哭著就笑了出來。這樣就夠了，有他的這份喜歡，我已經很滿足了。

這個晚上，我抱著手機入睡，是真的睡著那種。然後我夢見了陳乙東對我笑，就像那張照片裡的他一樣。

隔天一早，我梳洗好，換上我第一次幫陳乙東擦藥時，他留下來的那件運動外套。突然覺得好險沒有還他，不是沒有想到要還，而是因為這是個理由，再見他的理由。

現在見不到了，但成了我的。

就像離開的陳乙東一樣見不到了，但他是我的，永遠都是。

我走出房間，打開小客房的門，維妮和維倩鋪著墊子，睡在地板上，我猜這幾天都是這樣。我上前去拍拍她們，喊她們起床，她們一見是我，馬上跳起來，「大姊，妳需要什麼？」「妳哪裡不舒服嗎？」

我對著她們搖頭，然後看著維妮說：「去高雄忙妳的事。」再對維倩說：「妳新工作培訓很累，今天開始回妳家去睡。」我哭歸哭，她們聊天說的事，我也是有聽到的。

維妮為了陪我，只能遠端安排高雄的工作室。維芯找到新工作了，目前在培訓階段，每天都在背公司品項。但她們還是花了很多時間在我身上，夠了，我要把她們還給她們自己。

我說完起身，去推推昨晚也睡在沙發上的維遠，「上班了，路上自己去買早餐。」我沒打算做早餐，我得忙新店面開幕的事，也沒等維遠反應過來，我就直接下樓。他們三個跟在我後頭，小心翼翼的。

「大姊，妳還好吧？」維倩擔心的問。

我很誠實的對他們三個說，「不好，很不好，但是我要努力讓自己好起來。你們都去忙自己的事，與其擔心我，可不可以相信我？」

我堅定的看著他們，一一確認過他們的眼神。他們三個馬上很有默契的回樓上去，很快的又一起下樓，各自拿好自己的東西。

「我去上班了，順便送她們。」

「我下午先去高雄一趟，可能下星期才回來。」

「那我回家準備下午考核喔。」維倩交代完後，他們三個人就離開了。

頓時，整間屋子安安靜靜。我準備著做餅乾的材料，好像抬頭看，就能看到陳乙東雙手抱胸站在那裡看我。我笑了笑，用手機打開赫拉的 Podcast 聽著，今天的主題是「對付綠茶婊的七十二招」，然後我像過去一樣，開始做著餅乾……

我不孤單，我知道陳乙東正陪著我。

手上綁的這條紅線，

我就當他向我預約下輩子了。

結尾

很快的。一年過去了。

原以為只要賺個生活費的手工餅乾店，在維妮自己的廣告公司推波助瀾下，莫名成了網美店和網路名店。再加上我堅持自己做，無法大量生產，好像又更稀有了一樣，訂單已經排到三個月後。

我請了兩個工讀生，一個是我的助手，一個負責煮咖啡送餅乾。偶爾我會做做蛋糕，送給現場客人吃，沒想到也有人想訂。但我做不來，只能一律拒絕，莫名在網路上又多了個好運蛋糕的名號，意思是有吃到的人真的很好運，所以店外常常排了好長的隊。

吃到好運蛋糕，好像成了他們的人生目標一樣。雖然我不懂，但我十分感謝。

維倩下班後，只要沒跟朋友約或沒加班，都會來店裡幫忙，順便再跟我抱怨一下，她送餅乾去育幼院時，王貴珍都在躲她。但維倩表示，王貴珍愈躲她就愈要去，就是要惹毛王貴珍。

而維遠也想幫忙，但他真的不行，簡直是電器殺手，碰什麼壞什麼。我請他坐在店門口就好，畢竟長得帥可以安撫大家久等而煩躁的心。

芷言跟夢舒大多都會等到一天忙完，陪我一起打烊，然後帶我去吃消夜。我把日子過得很滿很滿，只是心裡有時候會覺得空空的。如果陳乙東還在的話，我應該就是全世界最幸福的人。

雖然很忙，但我沒忘記今天是他的忌日。

一年前逃避他死去的事，我連他的後事怎樣辦的，我都沒有過問，好像不去參加告別式就沒有告別這件事。一直到昨天，我才有勇氣問雲姨，陳乙東安放在哪裡。沒想到，雲姨說她也不知道，後來向警方打聽，就只說有人處理了。

不管雲姨怎麼問，都沒有答案，怕我難過，所以也不敢多說。

我完全無言以對。除了懊惱自己當初為什麼不再勇敢一點，至少現在還有個可以思念他的地方可以去，更擔心的是，陳乙東自己在某個地方，沒有人陪，會不會很寂寞……

「維芯姊！」我的助手小麥突然大聲喊我。我回過神來，驚慌的看著她。她指指那包幾乎快被我倒完的糖，我這才驚覺自己幹了什麼蠢事，一臉抱歉的看著她。

她尷尬笑笑，「沒關係啦，我來整理，但妳這件外套破了，為什麼不補，還天天穿？」

「流行。」我笑笑回她。

突然外頭傳來垃圾車微小的音樂聲，我、小麥和正在櫃台幫客人結帳的亮亮同時對看，驚呼出聲，「垃圾車？」

我馬上說：「我去倒！」

於是我從店內的人群中鑽出，拿了門口的兩包垃圾，往大馬路那頭衝去，一年了，垃圾車路線還是沒有改，我一樣時不時在追車子。沒想到跑到一半，我的鞋子掉了。

撿與不撿之間，垃圾車已經要走了，我乾脆不撿，拚了這條老命也要衝去丟。這時突然有人從我身後跑出來，搶走我手上的兩包垃圾，非常準的往垃圾車丟去，乾淨俐落。

我看著他的背影，突然一陣頭皮發麻。

雖然髮型不太一樣，身型也更精瘦了些，但散發出來的感覺，好像過去我身上穿著這件衣服的主人。

我呆站在原地，看那人緩緩回過頭來。陽光灑在他的身後，我看不清楚他的臉。當他一步步走向我時，我差點沒有腿軟，是陳乙東？

是那個我每日每夜都在想的人，只是臉頰多了道疤，但真的是陳乙東，不！

「你是鬼嗎？」我全身顫抖的問他，眼眶發熱，無法置信。

他笑笑回應我，「不是。」

那怎麼可能有這麼像的人？

那就是我出現幻覺了。我搖搖頭，一定是我太想他了，再加上今天是他的忌日，我才會把別人的臉看成是他。撿起鞋子轉身要走時，他拉住了我。我感受到真實的體溫，更是嚇瘋了。我瞬間抽回手，手上的紅線掉了，我好心疼，伸手要去撿，他卻早我一步撿起，帶著迷人微笑的自我介紹，「我叫陳海祺，是這條紅線的主人。」

陳海祺？

我瞪大眼睛看他，無法理解現在是什麼狀況。下一秒，他卻張開雙手，紅著眼眶看著我，「妳不想抱抱我嗎？」

身體是誠實的，即便我根本不知道他到底是陳乙東還是陳海祺，是人是鬼，我只知道我喜歡他，而且好想好想他。

我衝上前緊緊抱住了他，然後他吻了我，很久很久才放開我說：「很好，這次沒有血的味道。」

然後換我吻他，說了一句，「有一種喜歡叫一直喜歡，一直喜歡你。」

我們緊緊抱在一起，在灑落的陽光底下。我可以確定的是，「你是人對吧，也不是吸血鬼，也不是殭屍，因為他們都怕太陽。」

結果他就一直笑、一直笑一直笑。我就這樣迷失在他的笑容裡，讓他帶我回去他家，把我吃掉。

果然女人對於喜歡的男人，都非常隨便。

激情過後，他緊抱著我，我摸著他身上的各種疤痕，該問清楚的還是要問，「這到底怎麼回事？」

「妳確定要聽？有點長。」

「不能講重點？」

他很努力的想把事情講得簡單一點，但其實我怎麼聽還是覺得很複雜。總之就是他爸是警察，一次在查毒品工廠時，因公殉職還被掛上貪污的罪名，媽媽帶著他生活，沒有想到為了撿回收出了車禍過世。親戚不收養他，只好把他送到育幼院去，後來是他爸之前的同事祥叔把他帶出來，告訴他父親是怎麼被正氣盟的盟主害死、弄臭名聲的。為了報仇，阿東拜託祥叔幫他混進正氣盟裡當臥底，一當就是十幾年，全都在計畫內，包括他又怎麼以陳海祺的身分活來……

他愈說愈多，我聽到很想睡。「好了，反正就是沒事了，你仇也報了，也重新用另一個名字過日子，什麼都結束了對吧？」

「對。」

「那我問你，布了這麼久的局，你當初還想娶文珊是怎麼回事？忘了血海深仇了？結果輪到我就什麼都不行？」女人的重點就是這麼奇怪。被我這麼一問，他也慌了，拉起被子想裝死。

行，我拿起手機，打開赫拉的 Podcast，選了一個最符合此時心情的主題點進去，赫拉一開場就是說：「大家好，我是赫拉，今天聊的內容，是想看渣男怎麼死……。」

陳海祺瞬間拉下被子，「妳不睡一下嗎？不累嗎？」

我看著他，「等你答案啊。」

他一臉不知所措的說：「那時候就還年輕，打打殺殺日子過久，我的確也是有點膩，但也還好文珊拒絕，我才能更專心在計畫裡……」

「喔，算我倒楣囉？」其實我沒生氣，就想看他慌亂的樣子，「而且你明明沒事了，為什麼不快點出現？還要我等一年？你知道我幾歲了嗎？」

「我本來也想早點跟妳說，但多方考量下，還是多等些日子，大家都淡忘了，妳也比較不會有危險……」

我當然知道，所有的安排都是最好的安排，現在他能在躺在我身旁，我已經謝天謝地，就算要我今天死去，我都願意。

「不要生氣好不好？」他抱著我，居然撒嬌。我都融化了，怎麼可能生氣。他親了我臉頰一下，「不生氣了？」然後再親一下，又一下。

我當然知道他的意圖，不打算讓他好過，故意不理他，把被子拉向自己，兩人很幼稚的玩起拉被子遊戲。突然，赫拉一句話，讓我整個人坐起身。

她說：「我有點靈異體質，只要有不乾淨的東西靠近，我就會吐……」

這句話和口氣，讓我想到我第一次見到水仙時，她也是這樣跟我說。我突然弄懂，為什麼一直覺得赫拉很熟悉了，她就是水仙！

我激動的去拿起手機要打給芷言，卻被陳海祺搶走。他對我說：「跟我在一起的時候，只能看我。」

我笑了笑，點點頭，「那有什麼問題！」我吻住了他。像夢一樣的現實，我竟然經歷了。如果說一直沒談過戀愛，可以換來這一次這麼轟轟烈烈又不平凡的愛，再讓我選擇一次，我也會願意。

我緊抱住這個讓我一直喜歡的男人，我不知道人生到底有多少課題，但我想所有考驗的出發點都是因為愛……

因為愛，所以我們有時會妒忌。

因為愛，所以我們偶爾會害怕失去。

因為愛，所以我們拚命的付出一切，即便有可能失去自己。

因為愛，所以在勇敢的過程中，可以變得更像自己。
因為愛，所以我們終究會在一起。

【全文完】

後記

將愛溫柔給予

你說犧牲奉獻是不是愛？

當然是。但那種方式只愛了別人，沒有愛到自己。

我過去也是那種視付出為愛的盲目追隨著，我覺得付出才是展現愛的最大體現，所以我把所有的愛，都拿去愛我的愛人、家人跟朋友，然後也很容易拿自己的付出來當標準，來衡量別人是不是也有這麼愛我。

每個人都有很討厭自己的時候。

那種時候，至今我都討厭，想到那時候的自己，真的怎麼可以那麼討厭？

後來，我感情空窗了四年，把很多時間留給了自己。

喔，很多人常會問我，什麼是愛自己？

我覺得留時間給自己就是愛自己的第一步，你帶自己去做很多想做的事，帶自己去過自己想過的日子，久了，你能給自己很多愛的時候，你會忍不住覺得過去那個無時無刻都在發聖光的自己，怎麼那麼可笑？

我不能說後來的戀愛就百戰百勝，但我似乎可以找到平衡點，以致於每次失戀後，都能很快再站起來，包括生活裡的很多挫折，跟家人吵架、跟朋友翻臉，對喔，不管你幾歲，爭執就會到幾歲，只是從生疏無助到得心應手而已，這就是人生的過程。

現在我不會再張牙舞爪，更不會再委曲求全，只是先問我自己，「妳想要怎麼做？」

面對，還是不面對？

解決，還是不解決？

妥協，還是不妥協？

如果面對了，我會心情好，我就會去面對；如果不解決，放著，我也覺得無關緊要，那就放著。

沒有那種不面對就是懦弱，也沒有那種不解決就是逃避的說法，不解決也是解決的方式之一啊！

人生是自己的，怎麼舒服，我們就怎麼來好嗎？

雪倫

國家圖書館出版品預行編目資料

因爲愛，不必解釋 / 雪倫著. -- 初版. -- 臺北市 ：
商周出版，城邦文化事業股份有限公司出版 ：
英屬蓋曼群島商家庭傳媒股份有限公司城邦分公
司發行, 民 110.05
面 ； 公分. --（網路小說；288）
ISBN 978-986-0734-35-5（平裝）

863.57　　　110007070

因為愛，不必解釋

作　　者／雪倫
企畫選書人／陳思帆
責任編輯／陳思帆

版　　權／翁靜如
行銷業務／李衍逸、黃崇華
總 編 輯／楊如玉
總 經 理／彭之琬
發 行 人／何飛鵬
法律顧問／元禾法律事務所　王子文律師
出　　版／商周出版
台北市中山區民生東路二段 141 號 9 樓
電話：(02) 2500-7008　傳眞：(02) 25007759
Blog：http://bwp25007008.pixnet.net/blog
Email：bwp.service@cite.com.tw
發　　行／英屬蓋曼群島商家庭傳媒股份有限公司城邦分公司
聯絡地址：台北市中山區民生東路二段 141 號 11 樓
書虫客服服務專線：(02) 25007718・(02) 25007719
24小時傳眞服務：(02) 25001990・(02) 25001991
服務時間：週一至週五09:30-12:00・13:30-17:00
郵撥帳號：19863813　戶名：書虫股份有限公司
讀者服務信箱 Email：service@readingclub.com.tw
城邦讀書花園網址：www.cite.com.tw
香港發行所／城邦（香港）出版集團有限公司
地址：香港灣仔駱克道 193 號東超商業中心 1 樓
Email：hkcite@biznetvigator.com
電話：(852)25086231　傳眞：(852) 25789337
馬新發行所／城邦（馬新）出版集團【Cité(M)Sdn. Bhd.】
41, Jalan Radin Anum, Bandar Baru Sri Petaling,
57000 Kuala Lumpur, Malaysia.
電話：(603) 90578822　傳眞：(603) 90576622

封面設計／李東記
版型設計／鍾瑩芳
排　　版／游淑萍
印　　刷／韋懋實業有限公司
總 經 銷／聯合發行股份有限公司
電話：(02) 2917-802　傳眞：(02) 2911-0053

■ 2021 年（民 110）05月11日初版　　Printed in Taiwan

定價 / 260元

ISBN 978-986-0734-35-5

城邦讀書花園
www.cite.com.tw